A Espera

待ちながら

ルイ・ズィンク
Rui Zink

近藤紀子◎訳
Kondo Yukiko

而立書房

待ちながら

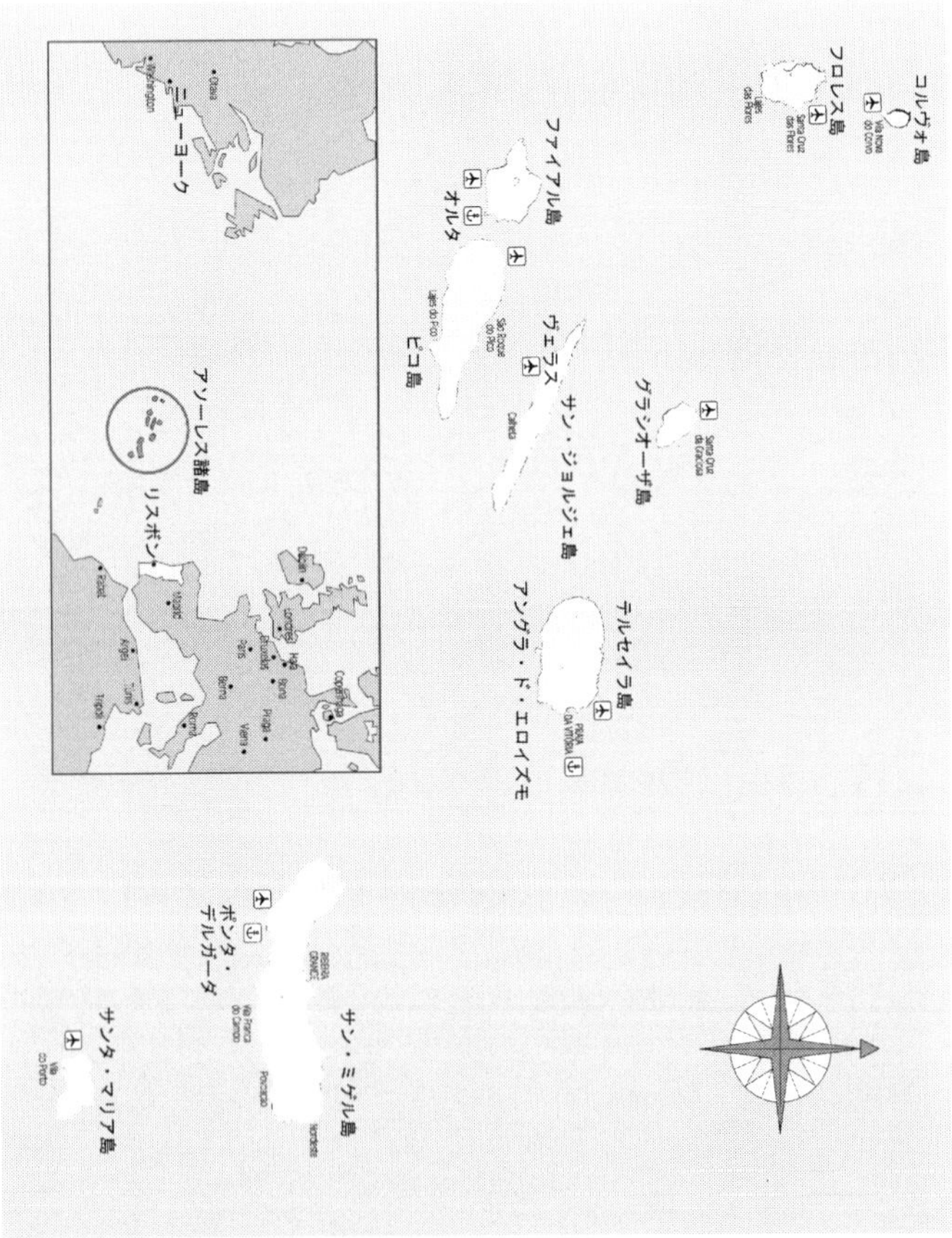
コルヴォ島
フロレス島
ファイアル島
オルタ
ピコ島
ヴェラス
サン・ジョルジェ島
グラシオーザ島
テルセイラ島
アングラ・ド・エロイズモ
サン・ミゲル島
ポンタ・デルガーダ
サンタ・マリア島
アソーレス諸島
リスボン
ニューヨーク

「帆船は、嵐のさなか、南アフリカ沿岸沖で難破した。捜索はついに、実を結ばずにおわった」

*

あれきりトムのたよりは二度となかった。ひげもじゃで、いかにも海の獅子や熊を追うのんだくれの猟師、といったつらがまえの、僕が知ってるたったひとりの船乗りだ。本がなんの役にたつのかおしえてくれて、僕の人生最高の本をくれたトム。最高におもしろい本、じゃない。最高の、だ。なにがどう最高かって言われてもな。とにかく、最高なんだ。僕にとっては。

*

これはもう何年も前、僕がジャーナリズムの世界をわたりあるいていたころの話だ。ポルトガルは、やっとヨーロッパ共同体に仲間入りをはたしたところだった。それだって当時はただの経済共同体だったが、もう鼻息があらかった。どこかで読んだ話だが、すでに虫の息だった捕鯨業にとって、これがとどめの一撃となったらしい。新しいモラルが、厄介者と堕した慣習を、サインひとつでかたづけた、というわけだ。

ピコ島の工場はとうに閉鎖され、全世界はあげて鯨産品（っていうんだよな？）のボイコットをしていた。はるか大西洋のまんなかの、ほんのひとにぎりのアソーレス諸島の人間のせいで、マッコウクジラが絶滅しかけているわけじゃないのに、もうこれだ。捕鯨業は、獲物より先に御陀仏になった。そもそもその獲物だって、それほど危機に瀕しちゃいなかった。だいたいマッコウクジラにしてみたところで、自分の竜涎香が化粧品にされるのはごめんだ、というよりは、クジラよばわりはやめてくれ、というのが正直な気持ちだったんじゃないか？　すこやかな歯のかわりにおかしなひげの生えた、この優雅なハンマー形とは似ても似つかぬ姿かたちの、あんな遠縁のいとことといっしょくたにされるなんて。

　これは、あのとき学んだ教訓だ——クジラは釣るのではない。狩るのだ。もちろん前から知ってはいたが、それは哺乳類が相手だからだとなんとなく思っていた。どんな哺乳類でも、なんだ！　クジラは釣るものじゃない。それはトラを釣らないのと同じ理由だし、ボラを狩らないのとさかさまの理由だ。

　そんなことを言うと、まるで狩猟が大好きで、自然など大嫌いな人間みたいだが、それはおおきな誤解というものだ。自然は大嫌いだ、これは正しい。だが、狩猟も大嫌いだ。まあ、大嫌いだった、かな。すくなくとも、あの夏までは。どこかの国がまだやってるような、機械化された鯨の捕獲、あれは、単なる殺戮だ。ぞっとするしろものだ。いいか、あれは狩でもなければ、漁でもない。レーダーやら自動解体機やらコンピュータ制御の捕鯨砲やら偵察衛星やら、生身の体に塩をまく最先端技術搭載の移動工場をつかうあんなもの、オリーブの収穫のほうが、まだ公平というものだ。オリーブなら、探査衛星による場所の特定が困難だ。

　その点アソーレス諸島は、まるで別の星だった。闘牛対闘牛士なんてものじゃない。なにせ素手の——つまり、裸同然の——男がひとり、はかりしれない驚異の筋力に、まっこうからいどむのだ。なるほどたしかに、闘牛に参加の意思の有無が問われることはないが。僕のかわりに、直接参政権をつかってもらおうか。いや、待てよ。庶民や女性に投票権が認められてから、まだ百年そこそこだ。牛やクジラには、もうすこし待ってもらってもいいんじゃないか?

＊

トムがくれた本は、『カリブ伝』という。僕の手にわたったとき、すでにこの本は相当ふるぼけて、とても良好な状態とはいえないありさまだった。背の上部には、まるで古い血のような赤茶けたしみがついていて、ページどうしをくっつけていた。

全長十一メートルの船の上で本を良好な状態に保つのは、なかなかたいへんだ。ハッチからふきこむ海の塩。あたりでくだけ散る波しぶき。せまくるしいキャビンでかきこむ食事の脂。ロープを断つ瞬間にいきなり襲ってきた波のせいでこさえた、ちいさな指の切り傷。一隻の船の上では、千一もの出来事がおこる。

『カリブ伝』。まるでカリブの海がひとりの人間、実在したほんとうの人間みたいに、身の上話を語るんだ、打ち首になった冒険家、サー・ウォルター・ローリーの黄金にとりつかれた目から、世界をまたにかけめぐり、イギリスをスペイン無敵艦隊から救う、平民あがりのフランシス・ドレイクの略奪ショーにいたるまで。それにしても、かくもみごとなカスティーリャ語で書かれた本が、仇敵たるアングロ・サクソンをかくもほめたたえているとは、皮肉なもんだ。

どうしてトムは、この本を僕にくれたのだろう。それも、いきなり。

＊

アソーレス行きは、年明け早々からずっとあたためていた計画だった。僕は、ともだちみんなを道づれにしようと、鬼退治ツアーをほうぼうにもちかけてみたが、結局、いっしょに行くことになったのはアナひとりだった。アナは、（つぶれた）新聞社の新米フォトグラファーで、なんとなく顔見知り、という程度の仲だった。島々の写真ルポのアイデアをもちかけると、彼女はがぜんのり気になった。まだ捕鯨をやっているかどうか確かめる、というあたりはさほどでもなかったようだが、僕の説明のなかの「浜辺」とか、「太陽」とか、「人影もまばらな島」とか、「真っ青な」とかなんとかいうあたりが気に入ったらしい。なにより、休暇をとってなおかつ稼げるという青写真が、決め手となった。

この島々についてなにを知っていたかって？　今よりほんのすこし少ない程度、ほとんどゼロだが、数えてみるなら、二、三……十二……カンマ六の平方根……。ま、そんなものだ。なんにも知らなかった。とどのつまり、これだけだ。

a．九つの島からなる諸島である。
b．実際には、ひとつの諸島ではなく、ひとつの離れ島と、ふたつの諸島である。
c．諸島のなかでもっとも遠いのは、フロレス島、コルヴォ島の二連島である。
d．「離れ島」*ilha isolada* という言い方はおかしい。ラテン語の語源 *isola* には、それ自体にその意味がある。

アトランティスの中心だったんだろ、って？　だれかのでまかせにきまってるじゃないか、セテ・シダーデスの真下にアトランティスが埋もれているなんて。あの双子の湖は、怪獣もいない、ただの休火山の噴火口だ。死火山、と言いかけたけど、死んだ火山などない。ワニのように、一見眠っているように見えながら、獲物にくらいつくチャンスをじっと待っているのだ。

*

七月の夕方もおそく、僕らはポンタ・デルガーダに上陸した。いまだにポンタ・デルガーダははりぼてだ。ずんぐりむっくり重なって、まるでしぼんだ風船だ。もちろん、ちゃんと家でできてはいるんだが。かろうじて開けた目抜き通りが、港といっしょに、湾をぐるりとめぐっている。僕らがペンションに到着したとたん、あたり一面まっくらになるほどの土砂降りになった。食事に行ったひなびた食堂も、この天気のせめてもの救いとはならなかった。

ふたりともよく眠れなかった。アナはやたらにせきこみ、僕がタバコをやめなよ、と言うと、むくれてしまった。結局アナの機嫌は島を出るときまでそのままで、その数日間なにをしたかといえば、おばけの末裔みたいな人が住む、奇妙奇天烈なセテ・シダーデスに行き、それから、海を前にまっさかさまに切りたった深い緑の穴、ラゴア・ド・フォゴに行ったぐらいだ。このミステリーツアーの一環として、どうしようもなく悲惨なラボ・デ・ペイシェにも立ちよった。ほんの二、三歳の子どもばかりが、海につきでた岩場をよちよちはいまわっていた。靴もはかず、くちびるに鼻水をくっつけたまま。

*

恐怖の一瞬。自然史博物館のメイン展示室に、一歩足をふみいれたそのときだ。この胸もとに、足もとに、そして腕や、脚のまわりにも、三十匹あまりのサメが、うようよと泳ぎまわっていたんだから。血のにおいをかぎつけ、鋭い歯をのぞかせ、背びれはねらいさだめてかっきり獲物をさしている――僕だ。まあ、来館者ならだれでもだけど。イタチザメ、小型ザメ、シュモクザメ。全部はいなかったのかもしれないが、まるでいるように見えた。

防腐処理をされ、水から離れてもなお、この軟骨魚類は神秘的な脅威のオーラをはなっていた。ためしに、いちばん目をひくジンベエザメの口に手を入れてみようとした。目をひくといっても、それはフォード車大のサイズゆえで、実際のところ、特別危険な種というわけではない。でも、できなかった。恐怖が世の常識をこえた。アナは笑った。

「パウロ、剥製だってば。噛まないわ」

「こいつに言ってやってくれ」僕はおどけてごまかした。

アナはあきれて眉根をよせた。

「それでほんとに捕鯨に行く気？」

＊

「カリブの島々のくらしは変わりつつあった。港では、私掠船や海賊のことばかりが話にのぼる。町はちっぽけな砦であり、敵はさしたる苦もなく略奪しては焼き払っていく」

＊

トムの本のおかげで、ラボ・デ・ペイシェのようなどん底は別として、島々が海に背をむけているという事実に合点がいった。海賊だ。海賊は海からやってくる。そこで、賢明にも、持てる者はその財を、彼らの手からなるべく遠くに築いた。まあせめて、そのへんの貧乏人のなかに。それなら、どうして再び海のほうをむかないのか。もう海賊なんていないのに。遺伝性の恐怖かも。先祖代々の遺産、というわけだ。

それに、たぶん、そんなこと知らないんだろう。

＊

サン・ミゲル島はそれほど散々だった、というわけじゃない。ここは、島としてはいちばん大きいし、住んでいる人も多いし、ある意味では、見るものもいろいろあって、バラエティ豊かだ。僕らはまだ学生といっても通らなくはなかったし、嘘八百はお手のものだったので、ほとんど毎日のように世界最高の学食で食事をとった。すばらしい肉料理、神々しいまでの魚料理、サラダ、パイナップルは食べ放題。ところがある日、ついにそれも、世間一般の学食となんら変わらないしろものになった。アソーレス出身アメリカ移民次世代向けサマースクール用、四十日間限定デラックスコースだったんだ。アメリカ万歳。

いや、散々だなんて、ちっとも。ただ、サン・ミゲル島には、クジラがいなかった。そして、僕がさがしているのは、クジラだった。

へたな期待は禁物だ。いまどき捕鯨を見つけようなんて、どだい無理な話だ。ところが、ちょっとまわりに聞くだけで、それならピコ島かファイアル島だよ、という答えが口々にかえってきた。とりわけピコ島だ、と。

夜、島の連絡船で出発した。満月の晩だったたし、そのほうがいいと言われたので、僕らは外のデッキに出て、明かり窓ややもやい綱、巨大ないかりのあいだにすわりこんだ。もちろん、眠らなかったとも。空に星、海に星。水面は凪いで、さやけく静か。こんなとき、だれが寝たりするもんか。

誤解のないようにはっきり言っておくけど、僕らは恋人どうしでもなんでもない。ちょっと敵地を小手調べ、といったところだ。だが、なんともロマンチックじゃないか。ふたり海の上で、空をながめながら、土地の調査、なんてさ。

＊

夜明けとともに、グラシオーザ島に到着した。天気がよければ、サン・ジョルジェ島ばかりか、ファイアル島、ピコ島までのぞめるという。ぽつんと離れたサン・ジョルジェ島は、実際、すぐそこに見えた。島々のなかでいちばんさえないチョコバー型の姿が、ふかいもやにつつまれていた。

船は二時間停泊して、リバテージョ産の五頭の牛を下ろした。これでグラシオーザ島がかくも誇る闘牛に、さらなる華麗な一幕がくわわることだろう。

まったくおかしな世界にとびこんだもんだ。リングで一枚の布きれを追っかけまわす牛を見るのが、大海原のまんなかにうかぶ地面のきれっぱしじゃ、大人気だっていうんだから。

「ここで闘牛を見ていけないとは残念だな」

「あーら！　よくそんなこと言えるわね」

僕もいちいち反論するほどばかじゃない。なんのためにここまで来たっていうんだ、血で血を洗う捕鯨の現場、ディズニー大好き哺乳類をしとめる現場を見るためだ、だのにこいつは、僕がただの闘牛なんかにびびると思っているのか？　率直なところ、剥製のサメにふるえあがったのは冗談だってことくらい、わかってもらいたかったね。

いずれにせよアナがそう言ったのは、本心というよりも、一種のコケットリーだったと思う。いざそのときになれば、血のにおいなどへっちゃらなのは彼女のほうだろう。いわゆる女性の繊細な神経というものを、僕はそれほど信じちゃいない。ルクレツィア・ボルジア、エヴァ・ブラウン、マーガレット・サッチャー——みんな女装した役者だった、とでも？

＊

このときすでにニコル号は、的をめがけて飛ぶ矢のように、まっすぐ僕らにむかっていた、ということになる。どうも僕らは、イスラム文明から宿命論をうけついでいるらしい。すべてさだめだ、という、おそろしくも美しい考え方だ。すべては神の手で、生命の本に記入済み。僕らはその本のインクのしみ、よくてせいぜい読点にすぎない。「、」や「。」なら、まだいいほうだ。ことばという大海原の、言語の潮の、ひとつぶの水。

そんなわけないなんてどうして言えよう、この僕に？　じゃあ、信じよう。運命だったんだ。トム、シャロン、ニコルが僕らと旅をする、ということは。まあ、「僕らの運命すべて」は無理だとしても、せめてトムが本をくれることぐらいは書いてあったんじゃないかな。一冊の本、と。

トムは一体どこにいるんだろう。たぶん、あの海の首都、ファイアル島にむかっているんじゃないだろうか。そうだ。きっとそうにちがいない。

＊

ほんの一週間前、トムはオリノコ川の河口で、食料にする魚をとっていた。網をひいてみると、小さなアリゲーターがかかっていた。小さな、というのはもちろん、比較的に、だ。シャロンが見せてくれた写真では、ゆうに一メートル半はあった。

そのネガが、今も記憶にはっきりと焼きついている。ひげもじゃの大男のトムが、ひざに小さな怪獣を抱いている。あのスピルバーグ映画より何年も前に、だ。ただ、あれはティラノサウルスの赤ちゃんだったけど。でも、どちらにもおなじパラドックスがある。この星でいちばんの新顔が、いちばん古株の赤ちゃんをあやしている。もっとも、クロコダイルやアリゲーターは、ディノサウルスよりおりこうさんだ。そうでもなけりゃ、今日まで絶滅せずに生きてこられたわけがない。

いや、別にスピルバーグを盗作で訴えようっていうんじゃない。彼の背後には、弁護士軍団がひかえているっていうのに、なんでまたそんなことを。だいたい、そのアイデアはトムのであって、僕のじゃない。おまけに、それはアイデアじゃなくて、事実だ。現にあったことなんだ。事実には、今のところ、著作権はないようだし。

トムはいかれていたわけじゃない。ワニを抱いたのは、もう死んでいると思ったからだ。もうぴくりとも動かなかった。

「歯を見ようと口まで開けたんだから」そう言って、シャロンは笑った。

そのワニ君が、いきなりデッキをのこのこ歩きだしたもんだから、ふたりともひっくりかえるほどおどろいた。シエスタで疲労回復したらしい。そりゃサプライズ。

うっひゃー！

*

ファイアル島が大西洋のラスベガスだなんて言う気はないが――おっと、言っちまった――、どうにもそう言いたくなってしまう。おそかれはやかれ、海を行く船という船がいかりを下ろすこの港の壁は、ありうるかぎりの言語（たまにありえないものもある）の「グラフィティ」で、びっしりと埋めつくされている。いきなりベルリンに来たみたいだ。おっとまた口がすべった。まあ、一般的な印象、ってのも大事だからね。

こんなにちっちゃくて、コンパクトで、まんまるで、青々としたこの島が、どうして巨大な（比較的に、だ）サン・ミゲル島よりコスモポリタン的、いや、現にそうなのか？まさか真正面、まるでテージョ川をはさんで向こう岸、といったところに、雪なしのヒマラヤをいただくピコ島があるから、ってわけじゃないだろう。どうにもすくいがたく観光地的な、かのカフェバー・ピーターや、クジラの骨の「レクエルド《みやげもの》」とか「スーヴニール《みやげもの》」も、やっぱり理由としてはいかがなものか。ピーターのTシャツは、イビサやトレモリノスのようなところじゃ、霊験あらたかなお守りになるだろうが。

ちっぽけなオルタの町には、どこがどうとはいえないものの、なんとなくむかっ腹がたつ。どことなくアルガルヴェのリゾートにも似ている。マリーナには、作業船や星月夜に僕らをのせてきたような連絡船と慎重な距離をおいて、レジャーボートが行儀よく一列に並んでいる。さらにヨットマンという人種、これがまたむかつく。自分が海を横断するあいだ、資産管理も、館や庭の手入れも犬の世話も、すべて使用人がやってくれるリッチな観光客。いいよな。そうだよ、うらやましいんだよ、言われなくてもわかってるよ。

キールの白さと船名の自己満足がまた、人の神経をいっそう逆なでしてくれる。「プリンセス」、「ゴールデン・メイデン」、「フルール・ド・ラ・メール」、「クレオパトラ」、「フェリチタ」。みんな女の名前だ。なぜだろう？　ポルトガル語では少なくとも、*navio*（船）も、*iate*（ヨット）も、*barco*（小舟）も、*bote*（ボート）も、*paquete*（定期船）も、*cruzeiro*（クルーザー）も、*petroleiro*（タンカー）も、みんな男性名詞だ。たしかに、*falua*（帆かけ舟）、*nau*（大帆船）という女性名詞もある。しかし、ここでは両方おかどちがい。*nau* は、たしかにかつては最大級の船だったが、それはもうむかしのことだ。*falua* は、そのはかなげな名のとおり、秋の日和に川で乗るものだ。そうだ、*canoa*（カヌー）も女性名詞だ、*canoa* を忘れるところだった。それに *jangada*（いかだ）も、*fragata*（フリゲート艦）も、*traineira*（トロール船）も。*porta-avioa*（航空母艦）もだ。もういい、負けたよ。

しかし、どうしてヨットはきまって女の名前なんだろう?

*

オルタ、いやファイアル島は、それほどコスモポリタンなところじゃない。ただ、住民が背景と化し、観光客やら船員やら、本土の首都やら世界の首都からやってきた人間にまぎれて、視界のすみにもはいらないだけだ。だが、島のことをわかっているのは、島の住民だ。そして、島が小さいからこそ、アソーレス諸島の島々がみな、今にも消えそうなくらい小さいからこそ、火山のつくる美しさが、すさんだ、ときにはみじめな生活を隠しおおせていることを知っている。人がいないと、とかく都合がわるいわけだ。

島の人間は、船乗りや漁師である以前に、農耕の民だ。海ははてしなく、あまりにはてしなく見るものを圧倒した。それで土地の人間は、緑の牧草地や、その広がりのなかで無心に草をはむ牛の群れの背後に海をおしやり、視界から消し去った。青の上の緑、それがアソーレスだ。どう考えても、絶望的。いきなり巨大な新火山でもできて、溶岩がこの九つのかけらをくっつける、なんてことにでもなれば、まだ望みもないではないだろうが。

こういうのをお役所的にはなんと言うんだっけ？「わずかながら通行の可能性あり」、か。

「捕鯨をやってるかどうか確かめないとな」僕はアナに言った。

「もし、やってなかったら？」

「なかったら？」

僕は頭をかき、肩をすくめ、あごで水平線をさした。

「ないなんてことは、ないさ」

＊

なかった。ヨットはあった。外国人はいた。太陽はあった。焼きイワシにむらがるじつに種々雑多な人々で、波止場はごったがえしていた。しかし、クジラのクの字もなければ、堂々たる捕鯨手のかげもかたちも見えなかった。捕鯨はＥＣが禁止したじゃないか。みんなそう言った。

そもそも、ファイアル島に工場はなかった。ピコ島だ。そうだよ、そこだよ、工場があったのは。

＊

オルタからピコ島までは、船で三十分とかからない。クジラのパック詰め工場は操業停止になっていたが、今なお、腐敗してゆく巨大なけものの、いわくいいがたいにおいがした。においは鼻のあなだけでなく、口からも、体じゅうの毛穴からも入りこみ、重い脂肪のように僕らをつつんだ。アナは、吐きそうになって外へ出なければならなかった。

ぱっと見たところ、工場は木挽き場か、材木置き場のようだった。本来の目的に不可欠な機器がまるごと撤去されてしまった今となっては、塩と湿気にやられた壁に、大きな屋根がのっかっているだけのものだ。もしそこに、クジラにこすられた石畳のスロープがなかったら（何年も何年もの間、人間と牛の力で、やがてトラクターと人間で、無数のマッコウクジラがここで水揚げされたのだ）、かつてこのうらさびれた船着場で、海の最大の住人が解体され、脂に、肉に、牙に、骨に、竜涎香にわけられていたなんて、とても信じられなかっただろう。

それはそうと捕鯨だが、まだこの島でやっているんだろうか？　開口一番、返事は当然、にべもないノーだった。僕はオルタにもどる覚悟をした。今夜は、またもやあのピーターでどんちゃんさわぎか。ところがアナが、教会やら家やら子供やら、見るもの見るものフィルムに不死化したがった。

そこで僕はふらりと酒場に入って中ジョッキを一杯たのみ、今度は別の作戦に出ることにした。質問を連発するかわりに、おとなしく口をつぐみ、好奇心まるだしになるかわりに、まわりの好奇心をあおった。しばらくしてから、よかったらとっといてくれ、という感じで、店の客全員に一杯のおごりを申しでた。これで運が悪けりゃ、まったくの空ぶり。多少ついてりゃ、あの工場で働いていたか、親父が働いていたという人間くらいにはぶつかるだろう。

大ヒット。おそらくはジョッキ一杯の説得力によるもので、決して僕の個人的魅力によるものではないだろうが、ともあれ、お相伴となったひとりがおもむろに口を開いた。

「だんな、このピコじゃ、もう捕鯨はやってない。何年も前にやめちまったんだ」

はあ。

それからこう耳うちした。

「オルタじゃまだやってるそうだがな」

僕はとびついた。まだやってるって?

「という話だ。ときどき、こそこそとな」

こそこそと、か。ふうん。あやしいもんだ。まあ、ひとつの足がかりにはなるか。

僕らはこそこそと、ではなくばたばたと、連絡船の最終便にすべりこみ、本土へ、つまりオルタへもどった。あの小さな島に仮の宿をむすんだばかりだというのに、僕らはもうそこを本土 *continente* だなんて呼んでいる——つまり、あたたかいねぐら、ってことだけど。そのベッドも *continente*（禁欲）だけどさ。

＊

「おどろいたことに、ローリーの本には、いかなるところにも悲劇がない。インディオと交渉に入れば、イグアナの卵を食っては、チチャをあおりだす。（……）あげくには——これを忘れるわけにはいかない——怪物の話だ。エワイパノマ族は、頭がなく、肩に目があり、胸のまんなかに口があり……」

*

その夜、夢を見た。クジラ狩り、ではなく、首狩り族の夢だった。おそろしいやつらだった。顔には刺青、まるで『白鯨』の人食い巨人版。クジラに人間性が発見される前にアメリカ文学を確立した、あの小説だ。むかしからそうだろ、あいつはいやなやつだと言うときは、けもの、けだもの、ヤギ、サル、ウシ、ロバ、ブタだのと呼んで非人間化し、自分のことを言うときは、さかさ鏡に映すように、体よく動物を人間化するじゃないか――イルカの知恵、犬の忠実、獅子の勇気、キツネの機知、子羊の犠牲の精神（なにせ僕らの身代わりだ）。

夢の中では、獲物は僕だった。僕は、首狩り人種のヒバロ族に追われて、水の中を走りに走った。そうなんだ、おかしなことだが、泳がずに、水の中を走っていた。たぶんそのせいだろう、だんだん疲れがひどくなってきた。一方、追っ手は確実に、着々と、迫ってくる。あせらず僕を追いつめ、じりじりと弱らせ、背中に銛をうちこむ好機をじっと待っている。すると目の前に、黒い巨大なかたまりが現れた。あのかげに隠れよう。僕は最後の力をふりしぼった。ところが、はじめ岩かと思ったそれは、よくよく見ると、まるで息をしているように動いているじゃないか。大パニック——サメだ！

いや、ちがう、ただの沈没した石油タンカーだ。船名は藻やさびですっかりおおわれていたが、僕は、その文字を読みとろうと近づいていった。なんだって！　船の名は……。と、いうところで目がさめた。この謎の核心にいたる夢あらば余の王国をあたえてつかわす。

＊

人類学的クモ作戦にしたがって、ちょっとそこらの酒場をのぞき、ちょっとばかり酒を飲み、ちょっとばかり話しかけ、ちょっとばかり話をきき、おかげで事態はちょっとばかり進展しつつあった。島の人々は、閉鎖的な世界の人々はどこでもそうだが、なかなかよそものを信用しない（当然だけど）。

僕は目はしがきくほうじゃない。今だって、これまでだって、この目がしっかりあいていたためしがない。オルタの住民だって、僕にはみんなおなじに見える。商売人も、サラリーマンも、役所勤めも、客商売も。漁をするのも、畑をするのも。この畑《オルタ》というのが町の名で、島の斜面を上がるにつれてつぎつぎ芽吹き、町を（というか、村だ）緑の牧場に変えている。だいたいオルタの港だって、レジャー専用ってわけじゃない。実際に港（というか、せいぜいマリーナ）を占領しているのはレジャーボートだけど。町だって自前の工場もあれば冶金もできる造船所だ。となれば荷揚げ人夫も当然いるし、このての人は、多少機械をあつかうせいか、農民よりよっぽどあかぬけている。ウインチ、船荷、倉庫、コンテナ。これでちょっとしたヤミ商売があったって、ちっともおかしくないじゃないか。だいたい、アメリカからヨーロッパへ行くものはみんな、ここを通るんだ。今日の大西洋のファイアル島は、マルコ・ポーロの時代のヴェネチアのようなものだ。東西洋間の特権的貿易中心地。

「だんな、このピコじゃ、もう捕鯨はやってない。もう何年も前にやめちまったんだ。オルタじゃまだやってるそうだがな。ときどき、こそこそとな」

こんなことを言ったのはだれだっけ？　ピコ島のやつじゃなかったか？　だれがなんと言おうが、まるきりうそとはいえない。それに気づいたときにはもう、こっちは海のどまんなかだった。はるか二十マイルも沖あいの、怪物だらけの海に。

＊

まずは、僕がエコロジスト軍団の一員じゃないということを納得させなければならなかった。僕は保障した。約束した。神に誓った。ちがう、ちがうよ、この僕は、まだ捕鯨をやってるかどうか知りたいふりして、あとでマスコミスキャンダルをぶちかまし、血も涙もない野蛮人だ、とカメラの前でつるしあげる、そんなまねをするやつじゃないったら。

まったくなんて世の中だ。テレビニュースがどういうもので、ニュースなんていんちきだと、どいつもこいつも知ってるなんて。それも、あんな捕鯨手までが。海の巨獣を殺すささやかな武器、投げ槍、銛、ロープ、鉤、オールなど、中世の道具に黙々と油をさしていなくちゃいけない、いや、している捕鯨手までが。たまげたね。

だが、さらにおどろくべきは、酒の威力だった。陸にあがっているときに、飲まない船乗りは、まずいない——たぶん、足の下がゆれなくても、酔ったりしないようにだろう。

シャロンは飲んだ。それも、かなり。いやいや、彼女の話をしていたんじゃない。共犯たる荷揚げ人夫とおなじテーブルについていた、というところだった。粗野な男で、背は低いが肩幅はがっしりしている。船がないときは、工事現場でアルバイトをしているという。捕鯨の話が聞きたいんだけど、とこちらがきりだすと、逆にむこうからいろいろたずねてきた。

「おやじ！　たのむ、もう二杯だ」それから声をひくめた。「今度はおれのおごりだ」

このての男が一杯おごるというときは、話を聞こうというしるしだ。万国共通ルール。

そうだ、シャロンは、このときはまだいなかった。何日かあとに、アナを通じて、はじめて知りあったんだ。それにしても、どうやって彼女とアナは「ともだち」になったんだろう？　そうだよ。どうしたらあいつにともだちなんかつくれるっていうんだ？

「あの人が水着を見ていたときに、私が、それ似合うわよ、って言ったの」

シャロンのほうも、別におどろいたりはしなかった。あのとおりブロンドで塩まみれだから、アナもはじめから英語で話しかけたんだろう。それからあとは、話が話をよんで、はてはコーヒーでも飲みながら人生の意義について語りあおう、ということになったらしい。

正直なところ、アナが、あの歩くラジオコマーシャルが、人生の意義についてなにを知っているのかあやしいもんだが。ただ、シャロンにしてみれば、ニコル号の臨時代表として大西洋を横断し、話し相手といったらむっつり屋のトムひとり、というあとだったから、さぞかし人恋しかったにちがいない。それで、アナのきりもなければ意味もないおしゃべりが楽しかったのだ。状況のなせる完璧な友情。レディース・エンド・ジェントルメン、青コーナー、四十七キロ、アナ、おしゃべり大好き女。赤コーナー、五十四キロ、シャロン、おしゃべりご無沙汰女。女性版タイソンとホリーフィールド。みんなこんなふうにうまくいくといいんだがね。

おっと。これから捕鯨手と兄弟の契りをむすぼうっていう話の山場だったのに、シャロンに話がそれてしまった。まあいいか。海の人間なら、偏流ぐらい、知ってるよな。風をうけ、流れにのり、天気をよむ。偏流。流れにまかせること。うちよせる行のままに、文のままに、空白のままに。波をすべり、空をすべり、足がすべれば筆もすべるさ。

それでもブイ標識には要注意。偏流は、浸水とか沈没、転覆、難破、座礁とはちがうんだから。そりゃまずいよな、ここで話が座礁しちゃ。

＊

オルタから数キロメートルの山頂、噴火口のへり、一触即発の島の中心には、望遠鏡のある見張り台、一種のトーチカみたいなものがある。むかしは、ここに一人の男が日がな一日たてこもり、水平線のかなたをにらんでクジラの痕跡をさがした。泡だった波、ずんぐりふくらんだものかげ、尾のひとうち。

子供のお絵かきでは、クジラはきまって公園の噴水みたいに、じょうご型に水をふきあげている。たしかに、クジラは潮吹きをする。空気と水の排出だ。だが、この噴水はまったくでたらめで、いきなりで、猛烈で、大型動物の呼吸という以外のなにものでもない。

捕鯨が、全共同体あげての活動、この島の核、いわば「島民の魂」だったころは、見張りがのろしをうちあげると、すぐさま急を知らせる鐘がなりわたり、女たちまで、海に船を出す手を貸しにかけつけた。男たちは、それまで手にしていた仕事──魚網をなおしたり、土地をたがやしたり、壁をぬったり──を即刻その場にほうりだし、すばやく沖にのりだした。めいめい自分の持ち場と役目を完璧にこころえて。

海では、多くのあやまちはゆるされない。男たちは、どのくらい海に出ていることになるのか？　原則的に、運がよければそう長時間ではないが、はっきりいつとは言えない。すべてクジラや、風や、天気や、海の状態しだいだ。つまるところ、すべてその場しだいなのだ。女たちは、船着場へ、浜へかけつけ、靴をぬぎすて、スカートがぬれるのもおかまいなしで、はだしで水にふみだしたことだろう。悲しみにも、貧しさにも慣れた女たちは、夫へのさしいれを手にかけつけた。トウモロコシのパンと酒、それに干しイワシ。夫らに戦う力をつけるために。

すくなくとも、僕がこの件に関して読みかじっていた本――ヴィトリーノ・ネメジオとか、ディアス・デ・メロなど――は、そう言っている。礼拝堂の売店で、アメリカの空港の本なんかのわきにならんでいた、車内読書用の本だけど。

僕らの時代じゃ、今、おなじテーブルについているこの男を見てのとおり、こういうロマンは失われてしまった。だから捕鯨手も、いたとしても、それほど貧しいわけじゃない。それをいうなら、あのラボ・デ・ペイシュのほうがよっぽどだ。とすると、捕鯨は食べていくための仕事なんだ、と言いつづける理由なんて、どこにもないじゃないか。ピコ島の工場が動いていないのに、どうして仕事になるっていうんだ?

　その夜、もうひとり捕鯨手らしき人物を紹介された。ひげづらの大男で、港で荷揚げをしたり、工事現場で働いたりしていると説明してもらうまでもない。さらに、こげついた借金の取り立てをやっていると言われても、おどろかなかったと思う。なりは、トムとたいしてかわらない。すこし大柄か。トム同様、酒場でのあまたの武勇談があるんだろう。こっちはひとり相手は多勢、さあ、どこからでもかかってこい、いくらでも相手になってやるぜ、云々。ただ、トムが大男なのは「生まれつき」だ。なにしろトムはアメリカ人だし、ヘミングウェイだし、ヤンキーだ。かたやこの人間大柱《オベリスク》は、とにかくでぶで、でかくて、ごつかった。だが、このての態式のでぶは、単なるでぶなのか筋肉なのか、こっちが一撃をくらうまで、決してわからないのだ——それも、突然、かつ致命的、おどろくほどすばやい一撃を。いや、べつにでぶをみくびっているわけじゃないよ。クジラをみくびったりしていないのと同様に。

　このオベリスクだって、いかにもこう言いたげだった。「おれはただのでぶじゃないんだぜ」だが、実際にはそうは言わなかった。

「しかし、あんたをつれていくとしてだ、本土にもどってから、どうする気だ?」

べつに、と僕はとぼけた。

「だってあんた、記者だろ?」

いいえ、と僕はとぼけた。ただ、大学でちょっとした研究をしているだけです。僕にとって興味があるのは、人なんです、クジラにはちっとも興味はない。ここでは、ほんとうのことを言った。

「ふむ……」

オベリスクは、アメリカのフォールリバーで、家族と暮らしていたという。それからちょっと「ごたごた」があって、こちらにもどってきた。どんなごたごたがあったのか、こっちも知りたいとは思わなかったし、むこうも話す気はないようだった。麻薬か、酒場の刃傷ざたか、親方の頭をかちわったか。知ったことじゃない。ただのけんかならまだましなくらいだ。トムのはすごかった。本の話だったんだから。

「来週、仲間がむかえにくる。来週なら海に出られる」

「僕もつれていってもらえます?」

「そりゃまだわからん」

「でも海に出るんでしょ?」

「出られる、と言ったんだ。来週な」

それならどうしてだめなんだ、とよっぽどきこうと思ったが、秘密結社(頭巾はないけど)にいれてもらえた興奮で、僕は口をつぐんだ。港に注意していたら、すぐにぴんときたはずなのに。パナマの旗をかかげた貨物船が、早朝に接岸していた。すなわちそれは、彼らにしてみりゃ、最低四、五日仕事にありつける、ということだ。彼らは万々歳、僕はそれほど。もうこの島は、すみからすみまで踏破してしまった。五日間もいったいなにをすりゃいいっていうんだ? 待つか。でも待つ、ってなにを? 怪物とか。待ったところで、十中八九、くたびれもうけ。まあ、待てば海路の日和あり、って言うじゃないか?

さいわい、アナがシャロンと会う約束をしていた。

さいわい、っていうのは、もちろん、言い方によるけれど。

*

「こちらが、こないだ話したともだちのパウロ」

僕らはピーターにいた（いったいほかにどこがある？）。目の前にはビールが三本、グラスはなし。そのうち一本にはブランデーが添えてある。正真正銘の船乗りがやる飲み方だ。でも、それはひとつだけ。船乗りは、シャロンだ。よって、ブランデーは彼女のだった。

「こないだ話したともだち」。アナはいったい、この女性になにを話したっていうんだろう。年はとうに三十はこえている。もう四十かも。美人だ。顔にはプロテスタント的なほほえみをうかべている。

アナが僕のことをなんて言ったか知らないが、九十秒以上話したとするなら、最悪の事態を覚悟するのが賢明だ。

「シャロンはヨットを持ってるのよ！」

するとこのブロンドの女性は、ちがうの、おおげさよ、と言うように僕にほほえんだ。

「ただのちっちゃい船よ」

「それにしたって」アナはゆずらなかった。「そんなぜいたく、だれにでもできるってもんじゃ……」

シャロンはとうとう声をあげて笑いだした。本当におかしそうだった。

「だって、私のじゃないのよ。私はただの一船員。というより、はっきり言って、全クルー」

シャロンは、思っていたよりずっと気さくな人間だった。出身はタスマニアだと言った。ヨーロッパの半分もある、オーストラリアの一地方、羊飼いの土地だ。十八歳で世界に旅に出て、時とともに、海で闘うすべを学んだ。今やいっぱしの親方《スキッパー》で、コップ一杯の水で酔ってしまう金持ち連中のかわりに、岸から岸へとヨットを動かし、しばらくそれで生計をたてていた。

「そして今はトムといっしょなの。すごい人なんだから。たしかに、こん畜生でもあるけどね」

もちろん彼女は、こん畜生、とは言わなかった。*pain in the ass* と言ったのだが、結局おなじことだ。

今はトムと「いっしょ」。女性ならではのすばらしい婉曲話法。どのみち彼女がどんなふうにトムと「いっしょ」だろうと、こっちには関係ないことだった。ところがアナのおかげで、それがおおいに関係してくることになった。

「ぜひニコル号を見てみたいわ！」

まったくすばらしい才能だよ、アナ。僕には船の名前なんて思いもよらなかった。そもそも、それをシャロンの口から聞いたおぼえもない。ところがアナは、どういうわけかこれを聞きだしてさっさとポケットにしまいこみ、いつでもぱっと取りだせるようにしておいたのだ。

「あら、いつでもどうぞ」

アナは手をたたいておどりださんばかりだった。もしアナがたのんだら、僕も手ぐらいたたいたかも。

「ちょっと思いついたんだけど」シャロンが口をひらいた。「明日、なにか予定はある？よかったら、こっちでいっしょに食事しない？」

なにか予定があるかって？　島にいるんだよ、おい。島だよ、島。島でなにかすることがあるっていうのか？　待つこと以外に。

「船を見たいだなんて言ってる場合じゃないんだぞ」僕はくぎをさした。

「どうして?」アナは笑った。「そんなにくそまじめにならなくたっていいじゃない。楽しまなくちゃ。ちょっとその辺を船でまわってくれるかもよ」

*

その夜、僕らは寝た。なんだかものすごく変だった。あんなのははじめてだった。僕のつきあった女の子たちはみんな、男の文句ばかり言う。伝説みたいなもんだ。自分はやりたいだけさっさとやって、あとはくるっとひっくりかえって高いびきなんだから、と。ところがその晩、それをしたのはアナだった。あれじゃほとんどやったうちにもはいらない。ちょっと前おきをして、ちょっとキスをして、愛撫をちょっとすると、アナは十分熱くなったのか、僕の脚に骨盤をおしつけて、絶頂に達し、そして——くるっとひっくりかえってしまった。

僕はなおもキスを迫り、彼女にもたれかかって、自分の興奮を示した。だが、アナはただひとこと、こう言っただけだった。

「おやすみ、パウロ」

僕は、のぼせた頭でなおもしつこく迫ったが、シャロンは声を低め、きつい、怒ったような口調でおなじ返事をくりかえしただけだった。

「おやすみ、パウロ！」

ひょっとしてシャロンと言っちゃった？　もちろん、アナのつもりだったけど。そんなへまをするなんて。

なかなか眠れなかった。

＊

トムの第一印象か？　そうだな、正直言ってそのときは、たいして気にもとめなかった。キザな言い方をするならば、二人の美しい女性を前にして、どうしてわざわざあいつに注意をはらえというんだい？　夏だったことを忘れちゃいけない。夏はだれでも、ばかみたいに陽気になり、陽気なまでにばかになる。さもなくば、自然の摂理に反した罪で神の天罰がくだされる。

ふたりのうち、アナはあのとおり、いろいろ気にさわるところもあり、うるさいときもあるけど、それほど頭の回転がにぶいわけじゃない。それが証拠に僕らはこうして、アメリカのエコロジスト映画さながら、楽しげに泳ぐイルカをおともに、船で潮風にふかれているのだから。

かたやシャロンは、それよりよくもあり、わるくもあった。ミステリアスだ、っていうのが、いいところ。ミステリアスだ、っていうのが、いやなところ。おまけに僕らより年上だ。といっても、あのひげの船長ほどではないが——トムの年は、ゆうに六十過ぎ、七十半ばと僕はふんだ。シャロンは、日焼けしたヘレン・ミレンを思わせた。でも、そう言っても、だれのことだかわからないかもしれないな。皮肉な瞳と、それをとりまくプロテスタント的な、とっても素直な顔立ちの、いかにも『サウンド・オブ・ミュージック』って感じの女優だ。そうだ、ヘレン・ミレンがわからなければ、ジュリー・アンドリュースでもいい。そうだ、これでばっちり。ちょっとおそれをなしてしまうようなタイプだろ。もちろん、僕にとって、だけど。

僕らはすぐそこの、サン・ジョルジェ島まで行った。自前の船がある人間なら、「ほんのおとなり」だ。この島は、ファイアル島からも、ピコ島からも目と鼻の先に見えるのに、住人がそれほどいないため、定期便がない。島はそれぞれ、島、島、島、だった。例外的にファイアル島とピコ島のデュエットは、大海原ではなく、地元の人のいわゆる「水路」にへだてられているだけだが。トムとシャロンは、地面の上より海の上で食事をするほうが絶対楽しい、と言う。で、僕らもどうぞというわけだ。

海面から二メートルもない、せまいデッキの上にいるという、ただそれだけのことで、海の印象はがらっと変わる。島々を結ぶ巨人症の定期船とも、船着場とも、ポンタ・デルガーダの博物館の展示室とも、ぜんぜんちがう。たしかにあそこじゃ、サメにふるえあがったけどさ。

四人の中で、水着じゃないのはトムだけだった。アナは待ってましたとばかりにトップレスになった。僕には少々悪のりがすぎると思えたが、さらに彼女はその姿で、へさきの、ほとんどマストの先端に、船首像のように陣取った。船からすっくとのびて、海がどんなに荒れ狂おうとも直立不動の木彫りの女像が、血肉をもって生まれ変わったみたいに。

どうもまた口がすべったようだ。僕はあいつの親父でもなければ、だんなでもない。彼氏ですらないんだ、いいな。

シャロンはアナといっしょになって、おたがいにちょっとなにかしゃべっては、大笑いしていた。シャロンは、あのころの僕がなんとかつかもうとあがいていたものを、アナのなかに見ていたのだろう――つまり、人生を。シャロンだって、アナの欠点ぐらいわかっていただろうが、それで共同体幻想がくずれさることはなかった。楽しさにいたっては、なおさらだ。

ふたりがすっかり女どうしの会話にはいってしまったようなので、僕のほうは、男どうしの会話をはじめるしかなさそうだった。トムは船尾で、いかにものんびりした様子で舵をとっていた。

「いい天気ですね」僕は声をかけた。

このごましおひげのアメリカ人にどう話しかけたらいいのか、僕にはわからなかった。そこで出てきた言葉が、これだった。つまるところ、僕らは、彼の船にただ乗りして、モナコ王子ごっこをしているだけなのだ。ちがいは、地中海には豪華スターとならんで泳ぐイルカがいないということだ。

「最高の天気だ」トムはほがらかに言って、僕のむこうの、遠い水平線に目をやった。機嫌がいいときのトムを見たら、この男が生来のならず者で、何度も御用になったただなんて、だれが予想するだろう。「だが、二、三日中にくずれる」

僕にはなにも見えなかった。空はぬけるように青く、わずかに白い雲が景色にアクセントをつけているだけだ。僕にはなにも見えないのに、どうして彼には雲行きが読めるのか、びっくりした。

「港湾管理部にきいたのさ」トムは笑った。「ニコルみたいにひどくやわな船に乗っていりゃ、それにこしたことはない」

「はあ」

さあ、またなにかきかなくちゃ。そら、なにかきくんだ。あのころの僕は、沈黙をおそれていた。会話のなかに沈黙があっても、肩をならべたふたりの人間のあいだで、たとえひとことも言葉がかわされなくても、それは悪いことでもなんでもないのだ、ということを知らなかった。沈黙は、海のようなものだ。戦うすべを知らないと、僕らをのみこみ、沈めてしまう。でも、おそれをすてさり、身をまかせれば、やさしくゆすってもくれる。

いずれにせよ、パニックにおちいってじたばたするほど悪いことはない。

だが、あのころはもちろん、そんなことは知らなかった。なにかきかなくちゃ、なにかきかなくちゃ。空の状態を、海の奥底を、人生の意義を。なにかきかなくちゃ。

「ニコルは……どうしてニコルなんですか?」

*

「ニコルか?」僕には相当長く思われた沈黙のあとで、トムは言った。「かみさんの名前だ」

「はあ」

トムはほほえんだ。

「もう死んだがな」

はあ。またもや超大失敗。

「べつにかまわんさ」トムはなだめた。「もうずいぶん前に別れていたしな。だが、なにかあいつの記念になるものがなくちゃならんと思ってね。それで、この船を買ったときに、あいつの名前をつけたんだ」
はあ。

＊

トマス・Ｆ・ウィリアムズ。Ｆはフレデリックのだが、これはどうしても必要なときしか使わない。つまり、この一九二二年生まれのウィリアムズと、ほかのウィリアムズを区別するときだけだ。たとえば、一九三五年に生まれて朝鮮戦争で死んだトマス・ウィリアムズとか、一九六七年に生まれて、ガソリンスタンドのレジ係を殺して悪事をかさね、今もテキサスのアンゴラ刑務所で終身刑に服しているトマス・ウィリアムズ、別名「種馬トム」とか。

トマス・Ｆ・ウィリアムズは十七歳で陸軍に志願し、その後海軍に入隊、やがて一等軍曹にまで昇進した。それから予備役をへて、一九七三年にみずからの希望で自動退役となった。十年間は潜水艦勤務、その後空母ミズーリ号に派遣。一九六七年から一九六九年にかけて、そこから北ベトナムへむかう爆撃機の多くが飛びたっていった。

「まったくついてなかったぜ」トムはよく語ったものだ。「はじめはせまっくるしい水中工場に缶詰で、やっと水からあがったと思ったら、今度は動く空港だもんな」

トムは三つの戦争を無傷でくぐりぬけた。第二次世界大戦、朝鮮戦争、ベトナム戦争。かたや妻のニコルは、結局トムと別れ、子供もなく、それほど運にもめぐまれなかった。彼女の最初にして最後の戦争、その相手は癌だった。そして、結果は惨敗だった。

トムは、ニコルの人生が残り数か月というときに退役し、その最後の旅だちにつきそってやることができた。その後、彼女が死ぬと、なにもすることがなくなってしまった。自分もとっとと人生にかたをつけてしまおうかと思ったが、別れた妻のあと追い自殺をするというのも、なんだか妙な話だった。酒も、うさをまぎらわすのにさしていい方法とも思えなかった。

そのとき、トムは三つのことに気がついた。まず、自分は海のことを本当によく知っているとはいえない、なりたかった船乗りにはなれなかったということ。そして、海軍は海こそくれなかったが、最低限、ベッドと食事と着るものは支給してくれたから、銀行には多少の貯えがあるということ。そして、今からでもおそすぎることはないということ。昔からやりたいと思っていたことをする時間は、まだある。

そこで、全長十一メートルのちいさな船を中古で手に入れた。ドックで船体を塗りなおし、がたがきていた部品をとりかえ、生まれ故郷のニューイングランドで進水させた。そして、船長として処女航海にのりだす前に、最後のしあげをした。つまり、船に名前をつけた。

かくして、大西洋のまんなかの、アトランティスの九つのかけらのひとつで僕らが出会ったとき、ニコルは女の名前のついた、あまたのヨットのなかのひとつにすぎなかった、というわけだ。

＊

かならず女の名前をつけるのは、なぜだろう？

＊

「つまりだな、いっしょに生きていくことを受けいれてくれた女は、とにかく、だれにとっても最高の敬意に値する、ってことじゃないのか?」

ひとつの意見ではある。僕らはサン・ジョルジェ島に到着しようとしていた——そら、もう着いた——すると、シャロンがトムのところにやってきて、このままヴェラスに行くのもちょっとね、と言った。ヴェラスは干しダラの切り身のような形をした集落で、海から船をむかえるように、湾に面してひらけていた。

「もっと人けのない入り江をさがしましょうよ。そこで食事をして、のびのびできるような」

「のびのび」とはつまり、すっぱだかで、ということだ。アナもとうとう自分の土地にたどりついたか。縦横無尽島。

やがて、海からいきなり崖がきりたち、水面におおいかぶさっている場所にぶつかった。トムはいかりを投げた。

シャロンは服を脱ぎ、トムは、下ははかずにアンダーシャツ一枚(風よけ? それとも日よけ?)というおかしな格好になった。せっかくのナチュラリストの楽しさを堪能しないのもなんだから、と、結局僕もトランクスを脱いだ。

トムはキャビンから、ピコ島のワインのボトルとハム二切れを紙に包んでもってきた。

「パウロ、お前が食事係でいいな?」

「僕が?」

トムはうなずいた。僕だ。

「弱肉強食の話は聞いたことがあるだろ?」トムはつづけた。「いちばん強いやつが、いちばんいい肉を食べて、生き残る。そうだろ?」

僕はぽかんとしていたにちがいない。彼は、もうすこしくわしく説明する必要を感じたらしい。それでも、もちろん、十分とはいえなかったが。

「おれたちは、その反対をやろうっていうのさ。いちばん強いのが食われて、いちばん弱いのが、生き残るんだ」

「なるほど、わかった」というふりを僕はした。「一種の負けるが勝ち、かな」

「そのとおり」

トムは、竿もなにもない、ただの糸のきれっぱしをよこした。そして、指のあいだをくるりとひとまきして、持ち方の手本を示してみせた。アフリカのサバンナの偉大なるネコ科動物とはさかさまだ。ここでは、猟をするのは雄ライオンで、雌ライオンは見てるだけ。トムは糸の反対側に小さな釣り針をむすびつけ、そこにハムのかけらをひっかけると、それを投げろと言った。僕は、これじゃたいしたものは釣れそうにないな、と言いかけたが、それを実際に口にするにはいたらなかった。水面には、たちまち先を争うように黒い影が浮かびあがり、放たれた糸のまわりがざわざわとわきたった。

「今よ!」シャロンが声をあげた。

僕は糸を引いた。トムが言ったとおりだった。いちばん速くて、いちばんりっぱで、いちばん強いのが、一等賞。釣りあげられてニコルのデッキであえいで気絶の賞品獲得第一号。こいつに拍手。こうして五分後には、とても食べきれないくらいの魚が釣りあがった。トムは、裸にエプロン一枚という姿で、コックの腕が船長のそれに劣らぬものであることを披露した。

こんな日に、悪いことなんておこるわけないじゃないか。

*

遠くにかすかなモーター音がきこえた。はじめは、水平線上の小さな点だった。いや、点ですらなく、ただ、音が近づいてくるだけだった。やっとそれが点になり、しだいにそれがはるかかなた、海の深い青と空の明るい青のあいだで、だんだん大きくなっていった。

「なにか着たほうがいいかもしれんな」トムが言った。

が、手遅れだった。一隻のトロール船が、波しぶきをまきあげて全速力でやってきた。すでに僕らはきちんと服を着ていたが、それで相手の怒りがおさまるわけではなさそうだった。

おまけに船の上では、やせこけて腰の曲がった、トムよりさらに年上らしき老人が、銛をふりあげていた。あわやニコルまっぷたつ、という寸前、船は右に急旋回し、ぎりぎりのところをかすめていった。うっかり手など出していたら、こっぱみじんになっていただろう。

なにがなんだかさっぱりわけがわからなかったが、相手はふたたびこっちにむかってくる気らしく、むこうでくるりと方向転換した――たぶん、たけりくるった闘牛みたいに、いきおいがつきすぎたんだろう。するとまたもや、あのエイハブ船長の生まれかわりは銛を高々とふりあげた。そこで僕らは、彼の人生をうばった白鯨さながら、思わずいっせいにのけぞった。

そうとも、あのトムだってふるえあがっていた。彼に対する尊敬の念も、あとで語って
くれた彼の武勇談（そうだ、例の本の話だ）をもってしても、あれを武者ぶるいと見るほ
ど僕の目もふしあなじゃない。

エイハブはもう一度奇襲をかけたそうだったが、ほかの者はもう十分いい薬になったと
思ったのだろう、船はふたたびどこへともなく去っていった。「こん畜生どもめが！」そ
れが、逆上した銛手の、最後の言葉だった。

最初の、と言ってもさしたるちがいはなかったが。

「な、なに、あれ？」アナは僕にしがみついて、ぶるぶるふるえていた。

僕は肩をすくめた。知るもんか。

「裸を見られちゃったわね」シャロンは笑いながら言った。

「それにしても……どうしてわかったのかしら？」

そうだ、どうしてわかったんだろう？　僕らは、高さ三十メートルはあろうかという断

崖絶壁のたもとの、ほかには人っこひとり見あたらないところにいたのだ。陸から見えたわけがない。いずれにせよ、あいつらは陸からやってきたわけじゃないし……。

「そりゃ、望遠鏡だ」トムはきまじめに意見をのべた。「望遠鏡ももたずに沖に出るわけないだろ。クジラをさがそうってときは」

「でも、もう何十年も前に、サン・ジョルジェ島じゃ捕鯨をやめてしまったのでは？」僕は言った。おいおい、聞いたり読んだりしたこととは、ちょっと話がちがうじゃないか。

「かもな」トムは言った。「だが、古い習慣はぬけないもんだ。遠くからクジラをながめるくらい、べつに悪いことでもなんでもないさ。それどころか、ずいぶんエコロジーじゃないか」

「でも、遠くからこっそり見はっていていきなり人をおどすのは、また話が別よ」シャロンが言った。

それもそうだ。トムは今ごろヴェラスに行くと言いだした。手あたりしだい一部始終を説明し、とんだ災難だったとふれまわってやる、と。アナとシャロンは、それをなんとかおしとどめ、僕はトムに加勢してやることもできたけれど、あえて中立の立場をとった。

「とりあえず、ここからとっとと出ようよ」

僕らは、ささやかなハム・アンド・フォーク争奪戦で選抜した魚にはほとんど手をつけず、オルタへもどった。トムによれば、それはイシダイで、スライスしたレモンをそえると格別だそうだ。

*

僕がタバコに火をつけてやると、アナはベッドでのびをした。

「どう？　すごい人たちじゃない？」

「まあな……」

「ことにトムがね。トムがアメリカ海軍の軍曹だったって、知ってた？　シャロンが言ってた」

「あいつから軍隊のひとつぐらい作れそうだもんな」

「ばか言わないの」

「あのふたり、どうやって知りあったんだ？」

それまで僕は知らなかったのだが、こうして知った。シャロンはフィリピンのコンヤンだかなんだか、そんな名前の島で足止めをくらってしまい、どこかよそへ行く船をさがしていた――できればヨーロッパがよかったが、とにかくほとほとうんざりしていたので、この際アラスカでもどこでもよかった。結局、船員をさがしていたトムと出会い、まったく逆の方向へ行くことになった。トムは彼女の腕をさほど信用してはいなかったので、現実的な必要性というよりは、おなさけから、彼女に手綱をあずけたのだった――だれがわざわざ、水を見ただけで酔っちまう女なんてしろものを？――が、シャロンは、船に酔わないばかりか、小型帆船に関してはトムよりはるかにくわしいということを、たちまち証明してみせた。

「トムは船乗りとしてはたいしたことないって、シャロンが言ってたわ。でも、お願いだから彼の前では、そんなそぶりはこれっぽっちも見せないでね、だって」

「彼の前で？　心配ご無用。たぶん、もうあのふたりに会うことはないからね」

「明日、シャロンと約束しちゃった。買い物に行くの」

「買い物だって？　ここで？　どこに？　火山の穴に冷めた溶岩でも買いにいくのか？」

「ばか言わないでよ、パウロ。女の口癖よ、男とおなじ。もう一本タバコをちょうだい」

「ちぐはぐなふたりだな」

「まあ、でも、年の差はそれほどじゃないわよ。彼女だって四十ちかくだし」

「ああ、でも彼は……」

「でも、あのふたり、夫婦としてはどうかしらね」

「というと……」

「べつに。彼のあれを見た？」

「アナ！」

「見てないとは言わせないわよ」

「そりゃそうだけど、見てくれとたのんだおぼえもないね」

「むこうは裸だったのよ、私が脱がせたわけじゃないもん。なんとも珍妙な形だったな。あれじゃもう役立たずね」

「アナ！」

「あら、かわいいこと！　そんなにうぶとは」

「そうじゃなくって、ただ……」

「戦争でどうかしたのよ」

「そりゃ勝手な想像だ」

「シャロンもよくがまんできるわね。あんなに何か月も海にいて」

「今は陸だ」

「でも、ずっとじゃないでしょ。ブラジルに行きたいけれど、いい風にのれる時間があまりないんだって」

「それだけじゃないさ」と言って、僕は本で読んだことのうけうりをした。「大西洋の潮の流れも変わる。海じゃまっすぐ進めばいいってもんじゃない。正反対の方向に行かなくちゃいけないこともあるんだ」

「コロンブスみたい。インドに行くつもりで、どこにたどりついたかといったら」

「コロンブスはただのばかだよ。道をまちがえたんだ」

「でもばかの一等賞よ。大成功じゃない」

このときばかりはアナの言うとおりだった。トムのいわゆる弱肉強食のようなものか。

強きはから揚げ、弱きはとんずら。それが人生だ。

「でもあの人たち、まずフロレス島に行くそうよ。ここ二、三日中に発つかもしれないって」

「そりゃ残念だ。それじゃもうあんまり会えないな」

「いっしょに行きたいって言えばいいじゃない」

「ブラジルへか？」

「ばか、フロレス島よ。絶対行きたいと思わない？」

*

いや、ちっとも。すでに僕はコンタクトに、それも、ものすごく貴重なコンタクトに成功していて、これでやっと「命知らずの略奪者」の半・非合法団体と、もはや見ようったって見られない捕鯨なる活動を見にいけることになっていた。だから、今さら豪華ヨットに乗ってあんなさいはての島まで行くのは、はっきり言って第一希望じゃなかった。あの島ときたら、ほかの島よりずっと遠いし、こわきにつけたもっとちいさい土地の名が、これまたいかにも不吉じゃないか――コルヴォ島《カラス》、だなんて。

たしかに、「豪華」ヨット、という言いかたは正しくない。トムも、シャロンも、いわゆる「リッチな人間」ではなさそうだし、ニコル号だって、格別大きくもなければ快適でもない。まだしもトムは、よきアメリカ中流市民のならいで、多少の株や手形程度のお宝はもっているかもしれないが、シャロンにいたっては、身につけているもの以外、なにひとつ持ちものなどなさそうだった。そもそもニコル号だって、彼女のものではないのだから。もっともニコルのほうじゃ、シャロンを自分のものだと思っているのかもしれない。ひとりの女の名とともに、体内深くくみこまれた部品かなにかのように。町はずれの学校でだらけた子供をひたすら教え、定職につく才覚のあるアメリカ人ならみんなもってる入院保険の世話になり、化学療法で髪をなくし、病院のベッドと苦痛のなかでむかえた死が人生の絶頂、そんな女の名とともに。

ニコルとシャロン。そのまんなかに、老いたる獅子のヘミングウェイのそっくりさん。狩人か、獲物か？　ニコルとシャロン。シャロンとニコル。ある秘密を共有している？　かもしれない。おなじ欲望に動かされて？　これはちょっと、わからない。

*

トロール船は、おどろくほどおおきな音をかきたてて、夜をよぎっていった。モーターは、正確なリズムであたりを満たし、もろくも騒々しい、たよりない機械の記憶をひきずりながら、夜の奥へ、はるかな海へと僕らをはこんだ。

トロール船が二隻に、手漕ぎボートが一艘。ボートには補助帆がついている。マストは、今のところ、たおされている。実際の捕鯨は、カヌーみたいな（ほら、女性名詞）このボートでするのだろう。ボートには、七人の男がどうにかこうにかおさまっている。六人は漕ぎ手、一人は銛打ち。こうして水の上をひそやかに、海の怪物にむかってゆく。彼らのじいさんが、じいさんのじいさんが、じいさんのじいさんのじいさんがやってきたとおりの、先祖代々の方法で。そのなかで唯一、今世紀（終わりかけだが）のものは、トロール船だ。とはいえそれも、伝来の戦いのルールを変えるというよりは、水平線と島のあいだの距離をちぢめるための、ささやかな補助にすぎない。千年ものだ。

トロール船二隻で行くのは、いたって単純な理由による。ひとつはかならずだめになるのだ。ただ、それがどちらなのかは、わからないが。

その一隻のうえで、僕はひとりぼっちだった。もちろん船にはほかの人間もいたが、僕はよそ者だし、じゃま者だし、あやしい者だった。ついこの間、銛でおどしたのは、こういうやつらだったんだ！　僕を乗せることには、相当強い反対があったはずだ。そして、一方の意見が他方に僅差で勝ったのだ。そちら側にしたって、僕に賛成票をいれたのは、このすんだ瞳に共感して、というわけじゃない。人間界のほとんどすべての状況におけるがごとく、ここでも勝利をおさめたのは、打算主義だ。僕は一種の賭けであり、投資なのだ。こいつがほんとうのことを言っているとして、あのくそども（つまり、エコロジストのことだ）じゃないとするならば、おそらく大学での書きものや新聞の記事で（ひょっとしたらテレビでだって）、この件を擁護してくれるんじゃないか。ずばり言ってしまうならば、例のことをやりつづける権利を、だ。しかし、猛反対をかかげる当時の世論が、そんなことをゆるすわけがないじゃないか――七つの海をかけめぐる、やさしい巨獣の虐殺なんて。

アナは行きたくないと言った。気持ちわるくなりそうだから、だと。気持ちがわるくなるということは、フォトグラファー魂より偉大らしい。しかし正直なところ、僕はほっとした。なにしろみんなそろって荒くれ者だし、おまけに何時間も海にいれば、だれしも頭に妙な考えがうかんでくるものだ。そこで、いくさ前の景気づけで酔っぱらったあいつらが、その欲求不満と食欲を、僕のおばかな彼女の肉で満たそうとしたら？　最悪だ。おまけにそこでアナがトップレスにでもなってみろ、のぞむとのぞまざるとにかかわらず、それは彼らの文化コードにあてはめてみるならば、バンザイ、お肉よみんな、さあ一列にならんで、ということになる。

もしアナが、くるくる動くあの頭で、トムのペニスの仔細から不能と判定できたとしての話だが、同じことならこの荒くれどものほうがよっぽどポイントは高いじゃないか。これだから、くるくる動いてぱあだっていうんだよ、僕は思った。

おまけに、トムとシャロンが、いっしょにフロレス島に行かないかと声をかけてきたあとでは（ブラジルに、ではないことを、僕はありったけの神々に祈った）、アナには悲壮感あふるる海の旅など、もうまにあっていた。

しかし、ヨットとトロール船のちがいもわからないやつがいるか？

*

「パウロ、生まれかわりについての本を読んだことあるか?」

「いえ……」

「なかなかおもしろいぞ。おれは信じちゃいないが、たしかにおもしろい。たまたま今ここにはないんだ。あれば見せてやれるんだがな」

「へえ。本が好きなんですね」

「読むようになったのは、ずいぶんおそいがね。つまり、じっくり腰をすえて読むってことだが。やっと四十を過ぎてからさ」

「おそいだなんて……」

「ぶらぶらしてるだろ、気がつくと足が酒場にむかっているんだ、でもそこで飲んだくれるわけじゃない。かたすみに陣どって本を読むんだ。これにゃみんなたまげてね。本を読むのはヤクを一服するより悪いっていう酒場が結構あるとわかったよ」

「へんな話」

「だが本当さ。人が本を読んでいると、自分がばかにされたと思うやつがいるっていうんだからな」

「ポルトガルじゃその心配はないな。道でも、酒場でも、乗り物でも、だれも本なんて読んでない」

「そうか、それがあんたらの文化なんだろうな」

おっと、文化かよ（と思った）。

「あいにく、ニコルにあまり本はのせられなくてね」

「でも、ゆれるから、船じゃ本なんて読めないでしょう？　気持ちわるくなるのでは？」

「慣れさ。気持ちわるくなったこともあったが、それは陸にあがっていたときだ。信じられるか？」

どうして信じちゃいけない？　僕のポリシーは、とりあえずなんでも信じるということだ。それが自分にかかわるものでないかぎり。

「生まれかわりが、だよ。おもしろいテーマだ。アジアじゃ今でも信じているそうだ。お前はなにに生まれかわりたい？　鉱物でも、植物でも、動物でも」

「人間かな」

「人間だって、べつにいいけどさ」

「じゃなければ、クジラかな」

「狩人から獲物になるのか?」

トムは肩をすくめた。

「べつにいいけどさ」

*

僕らはクジラの発見を待たずに出発した。よく言えば、偏流で出発したわけだ。流れまかせ。運まかせ。本来なら、山頂の、火山のへりから、見張りがのろしをあげるのを待つ。そして、のろしがあがって、さあクジラだ! となると、島じゅうの人間がかけつけて、島じゅうが獲物を追う興奮に、狩の興奮にわきかえり、せまりくる巨獣の死をかぎつける。もしくは、せまりくる捕鯨手の死を。くわばらくわばら。

捕鯨は、いわばひとつの集団行事、身のうちを流れる血もわく共同体の賛歌だった。それが、ふつうだったのだ。だが、今はふつうの時代じゃない。ブリュッセルの役人どもは、これは犯罪だ、それも子供を殺すよりひどい犯罪だっていうんだから。それが証拠に、子供を殺した人間に、ヨーロッパは経済封鎖なんてしないじゃないか。まあいい、クジラを殺すのは犯罪だとしよう、だがそれは、彼ら、大海原のまんなかに生きるさだめを負う者にゆるされた、ささやかな、微々たる犯罪じゃないか。この島々がちいさいのは、どうしようもない宿命じゃないか。そして捕鯨は、それがひとつの意志の行為であるからこそ、偉大なんじゃないか。クジラの大きさが、浸透して一体化して、それを追う男たちの偉大さになった、っていうことか。そうだろ?

かくして、大々的な花火もなく、男たちは無言の屈辱をしのびつつ、人目をぬすんで戦いにむかわねばならないのだった。

夕闇のなかを、二隻のトロール船はボートをしたがえ、グルグル、ゴロゴロと音をたてて沖へ進んでゆく。もし首尾よくいけば、ふたたび夜となる前に、どちらかが、ボートと待望の獲物とともに、もう片方をひっぱることになるのだろう。二隻のうち一隻は、かならずだめになるからだ。ただ、今回それがどちらになるかは、わからない。

運命って、おもしろいもんだ。

＊

数日後、まだ捕鯨の興奮もさめやらぬうちに、僕はフロレス島にむかうニコルの船上にいた。アナがあんなにしつこく言わなかったら、僕だって行かなかったんだけど。なんでまた？　けものじみた男たちと男と戦う巨大なけもののなかで過ごした、あの一日よりすごい旅になるとでも？

「アナ、パウロ、ひとつだけ言っておくわ」僕らが船にとびのると、シャロンがひどくまじめな調子で言った。「わたしたちの命令は絶対よ。いいわね」

あたりまえじゃないですか。僕らは、そんなことわざわざ言われなくたって、という調子で答えた。それでも、シャロンはこの鉄則を念入りにくりかえした。命令には絶対服従。海に民主主義はなし。

「今回は、このあいだサン・ジョルジェ島に行ったときのような遠足じゃないの。ここからフロレス島まで最低三日はかかるし、ラジオによると、嵐になる。私の言いたいこと、わかるわね？」

了解。シャロンは異常に神経質になっていた。かたやトムはのんびりかまえて、ひどくかりかりしたシャロンの前では、ぐうたらに見えるほどだった。僕らの目がいくらふしあなだといっても、シャロンの緊張は疑う余地もなかった。

あとになって知ったことだが、シャロンはこの日、船を出すことに最後まで反対したらしい。彼女の考えでは、出発は延期するべきだった。ことに、僕とアナのような、経験のない、もぐりの人間がふたりもいるときは。だが、トムはどうしても行くといってがんばった。それにしても、シャロンを言い負かすなんて、並大抵のことじゃなかったはずだ。

シャロンは正しかった。もやい綱がとかれ、船はマリーナを出、港を出た。はじめは、町を波から守っている頑丈な壁でできた人口の港を。それから、この島とピコ島とのあいだの水路が形づくる天然の港を。するともう、海は荒れていた。海だって？　ただの海じゃない、大海原だ。わすれるもんか。あの大海原だ、ふたつの大陸をへだてているやつだ。大陸なんていっても、所詮、この地面のかけらとおんなじだ。なにしろ、今なおこの星を支配しているのは、巨大な青のハーモニーなのだから。

はるかかなたから、宇宙飛行士は告げた。「地球は青かった」。あれほど正確な戦略的アングルから見なくても、そのぐらい近くで見たってわかるけど。ただ、どうにも悪い冗談としか思えないのは、この星の名が「地球」だということだ。いにしえの航海者が、新世界の住民を「インディオ」——すばらしき東方の民、インド人——と呼んだのといい勝負だ。人類の歴史とは、まちがった命名の連続にほかならない。

「アナは舵の、トムのところへ。パウロはここに。みんな、しっかり」

シャロンがぴりぴりした感情を出したりひっこめたりする様子は、爆発寸前の火山を思わせた。冷徹強固な意志の力で、見事なまでに自制されてはいたが。火山のたとえは適当じゃないかもしれないが、島々の自然を考えれば、まったくのまとはずれというわけでもないか。

上かと思えばまた下へと波にゆれながら、僕は、総体的にポルトガルのことを考えていた。どうしてって言われてもな。ヨーロッパをソフトにする国、ポルトガル。スペインの山々は、ポルトガルでなだらかな丘陵にかわり、アンダルシアの荒野は、アレンテージョの平原でうるおう。そのアイデンティティで唯一、美しくドラマチックなところ。美しくはないとしても（べつに悪気があって言うんじゃない）、たしかにドラマチックではあるよな。

「トム、ひきかえしましょうよ！」

シャロンはもはや、ぴりぴりしているなんてもんじゃなかった。怒りで半狂乱になり、その声には恐怖が感じられた。怒りが恐怖をこえなければ、だが。同時に彼女は、極力僕らがパニックにならないようにつとめていた。そのせいで、口をひらけば叱りとばすような口調になった。

トムは、あいかわらず平然と舵をとっていた。その落ち着きとは裏腹に、やっぱり彼もいくぶん緊張していたのだと思う。トムはそういう人間だった。一見、お人好しのおおきな熊のように見えて、その実、片意地なところがあった。シャロンからあんな口をきかれるのも気に入らなければ、自分の非を認めるのもしゃくだったにちがいない。

どうやら、ほんものの嵐につかまってしまったらしい。僕はうしろをふりかえった。まだかすかに見える陸地は、くだけちる波しぶきと、暗い空からたたきつけるように降りだした雨のなかに消えようとしていた。海と空は大海原でごちゃごちゃにまざりあい、ニコル号は、そのなかで上へ下へともみくちゃにされていた。波がしら高くもちあげられては、くだけちる波しぶきもろともつきおとされる、白いちいさな点だった。

＊

「ローリーは、黄金郷《エル・ドラド》にとりつかれた者すべてがそうであるように、よき征服者たるにはあまりに夢が大きすぎた」

＊

僕らはもうかれこれ四時間というもの無のまっただなかにいたが、クジラらしきもののかげは、みじんも見あたらなかった。すでに日はのぼり、きらきらと輝きわたっていた。まだ九時前だというのに、そのまぶしさには、車のライトにたじろぐ猫さながら、目がくらんだ。すべてから遠くはなれ、近くには無があるばかりだ。トロール船は二隻ともモーターを止め、最大限の静寂のなかにうかんでいた。むざむざ獲物を追っぱらうこともないだろう？

さて男たちだが、これがまたくそまじめに、めいめいの役割と位置におさまりかえっていた。荷揚げ人夫もいれば、埠頭で働く者も、ちいさな店の親父もいる。しかし、ここではみんなそろって、水平線をさぐっている。なぜなら海でこの仕事をしてくれる犬はいないから。もしいるとしたら、なんだろう? サメイヌとか? 背びれがあって、うるさくほえて、兄弟分の魚類を非魚類が捕らえるのに手をかすような、一族の裏切り者? だとしたら? クジラは魚類ではない、哺乳類だ、なんていう哲学的論拠を言いわけにもちだすだろうか?

(じゃあ裏切ってもいい、ってことになるのか?)

水平線をさぐる男たち。男たち。海。水平線。そして、その証人たる、家族写真の撮影を許可されたカメラマン(僕だ)。あとはメインゲストを待つばかり。

「心配するなよ、パウロ。モービーディックはじきに現れる。もっとすごいやつがな。今ごろうずうずしているにきまってるさ」

船のだれか、捕鯨手のだれかが、そんなことを言ってくれたっていいもんだ。だが、あるのは沈黙と、きびしい顔だけだった。口をきくものはだれひとりいなかった。

いいかげんうんざりした僕は、自分のバッグから弁当包みを出し、サンドイッチをとりだした。
するといっせいに、男たちの鋭い視線がつきささるのを感じた。いったい何なんだよ？　クジラはいないし、こっちはぽんこつモーターのトロール二隻と小舟ひとつで、まっ青で、だだっぴろくて、『グラン・ブルー』な世界の果てで途方にくれて、おまけに映画の主役は出てこない。だのに、弁当を食べようとしたくらいで、とがめるようなあの目はなんだよ？　この僕に！　それがどうかしたかっていうんだよ？

*

した。男たちはかたときも気をゆるめなかった。あのオベリスクは（じきに銛打ちだとわかった）、両わきに男をひとりずつしたがえ、手漕ぎボートに陣どっていた。マストは、風にのれるとなればすぐにも帆をあげられるようになっていたし、なおかつ、オールは手ににぎられたままだった。ときどき、無言の沈黙のなかで（さっき説明したとおり、無言じゃない沈黙だってある）、男たちのあいだを一本の瓶がめぐっていった。酒をもってきたのか。昔から言うとおりだ、どんな海の男だって、海に出るときは、最低、一本の酒の存在が祝福してくれるものなのだ。ところが、今、目の前で男たちののどを流れてゆくのは、酒ではなく、水だった。水。水を飲みつつ、海の男は、地球という名の星で最大の生き物を待つ。けれどその生き物も、この星も、生きているのは水のなか。ここにはなにかアイロニーがあるのか、ないのか?

なんにも起こらない。それでもみな、ここまできた目的であり、現にいま遂行中のこの活動に、深く集中していた。おそまきながら僕も、ようやくその域に到達した。つまり、捕鯨ということに。捕鯨とは、僕が考えていたような、舟底に横たわった銛を投げることじゃないのだ。銛の先には、おそろしく太いロープが結びつけられていて、その太いこと、とぐろに巻いてもほとんど舳先を占領していた。

「そこにうっかり足をつっこんでいて死んだやつが何人もいるぜ」男たちは言った。「クジラにひっぱられて、あっという間さ」

いや、捕鯨とは、その瞬間、銛が投げられクジラがとびあがる、その電撃的瞬間のことではない。

捕鯨とは、捕鯨っていうのは、待つことだ。

＊

アナはキャビンのなかに入ろうとしたが、それがそもそものまちがいだった。もはやひきかえすのは無理だとなると、シャロンは、ぴりぴりした感情を小出しにするかわりに本調子で怒りだし、トムの致命的なあやまち（と彼女は思っていた）から僕ら一同の命をすくうという、ただひとつの使命に燃えていた。トムは単なる命知らずなのか、それとも――死ぬ気なのか？　考えすぎか。だいたいそのときは、そんなことを考えている余裕なんてなかった。こりゃけっこうやばいぞ（けっこうどころか最悪だ）、と思うのがやっとだった。おまけに、僕には結果をどうこうする権限はなかった。自分が役立たずに思えたっていうんじゃない。選択の余地でもあれば、そう思うかもしれない。だが、そんなものはなかった。僕に船のなにがわかる？　海のなにがわかる？　大海原のなにがわかる？

女についてもそうだ、ごらんのとおり。もうひとつの海、と言う人もいるけれど。海には、たぶん、ああいう男がつきものなのだ――七十すぎの、顔もひげも格好もヘミングウェイの、ああいう男が。まさに老人と海。だが自分の半分の年の女の前では、いたずら小僧にもなれる男。図体の大きいアメリカ人が、タスマニア美人のまえでふるえあがっている姿には、どことなく滑稽みがあった。

そのときアナが、第一のばかをやらかした。あのアナが、ぱぱっとともだちをつくり、ぱぱっと人生を選び、ぱぱっとベッドでことをすませ、なにごとにつけあれほどすばやいあいつが、波でゆらゆら大波でふらふらになって、波がせりあがって僕らを数メートルもちあげたかと思うといきなり消えうせ、ニコルがその高みからまっさかさまに落ちようというその瞬間、立ちあがろうなんていうばかをやらかしたのだ。

僕は彼女をつかまえようとした。が、間にあわなかった。

そこでトムがつかまえなかったら、アナは船の外に投げだされていただろう。シャロンはマストが折れないうちに帆をたたもうと懸命で、気づいてもいなかったようだが。マストが折れたら一巻の終わり、みんなそろって海の底、だ。今、僕らはその表面で、必死でたえていた。

ヒーローになるチャンスを逸した僕は、アナをたすけおこし、その目的地であるキャビンへ行くのに手をかすにとどめた。

「これ見てよ！　びしょぬれじゃない！」

僕はなにも言わなかった。なんと言えと？「死ぬところだったじゃないか」とか？

「シャロンのシャツを着たら、彼女、いやがると思う？　もしあればだけど」

実にレトリックな質問だったので、僕はこう言うにとどめた。

「僕はもう行くよ。たぶん助けがいるだろうし。大丈夫だよな？」

アナは、ぶるぶるふるえながらほほえんだ。

「ばか、もちろんよ。ものすごいスリルじゃない？　まるでジェットコースター！」

アナが気がかりだった。だが、キャビンに入るという第二のばかをしたのは彼女自身だ。きっとそのせいで、あんなにすぐ船に酔ってしまったにちがいない。船尾にいたって酔っただろうが、そこならせめて新鮮な空気があったのに。

＊

一一〇〇時、前方に第一のマッコウクジラ発見。難作戦を実行中の米軍なら、そう言うところか。あいにく僕らはちがうけど。米軍基地は、ここから数百マイル、テルセイラ島のアングラ・ド・エロイズモで、のんびりとくつろいでいた。この星の対陸戦略における前哨地としての役割から、リビアにむけて空路F－16をどしどし送りだしていたころにくらべると、今日の役割はいまひとつさだかではなかった。アソーレス諸島はおもしろいところだ。僕らにとっては、ヨーロッパの最西端。アメリカ人にとっては、アメリカの最東端。おまけに、島の人口の半分は、ニューアークやフォールリバー、プロヴィデンス、ケープコッド、サンディエゴに散らばっているから、島民の多くが、自分をポルトガル人でもあり、アメリカ人でもある、と考えていてもおかしくない。いや、ひょっとすると、アメリカ人でもなければ、ポルトガル人でもない、と思っているのかも。いやいや、僕は独立論者じゃない。とんでもない、この僕だって、片側を海に、片側をスペインにはさまれ、たえず両方からおびやかされている陸の孤島の住民なのに。ただ、そういう精神状態があるってことを言うにとどめよう。

精神状態には気をつけるべし。

マッコウクジラははるかかなた、逆光のなかに、黒い点となってうかんでいた。先行船のキャビンの屋根で肌を焼いていた僕は、船員の大声で夢うつつの状態からわれにかえった。たちまちボートが黒い点にむかう。しめた、もうあんなに遠くにいる、クジラは近い。ひそやかな船腹が到着するまで、時間の猶予は十五分たらずだ。それをすぎると、この生き物はふたたび水にもぐってしまい、その三倍の時間は深みからあがってこない。

捕鯨手らは、渾身の力をこめ、見事なリズムでボートをこいでいた。でもこれは、オクスフォードのレガッタじゃない、大海原の、対自然の闘いだ。オベリスクが立ちあがった。まるで世の中にこれほどたやすいことはないかのように、大西洋のまんなかで、ボートのうえに仁王立ちになり、はやくも銛をかついで調子をたしかめている。銛は一本、投げるのはただ一度。しくじるわけにはいかない。おそらく、この一日で唯一のチャンスだ。

黒い点まではまだ距離はあった。そのとき、水からのぞいた、アーチ形のふくらみが、水と空気をふきだした。そして、しっぽ（いくら哺乳類だといったところで、やっぱりあれは魚のしっぽだ）をもたげたかと思うと、すぐさまそれを、広々とした青のしたにざぶりと沈めた。さらば、点よ。さらば、黒よ。

となると今度は、クジラがどこへ行ったのか推測するしかない。マッコウクジラが泳ぐのは、推定二マイルから二マイル半だ。捕鯨手らは、手漕ぎボートのも、トロール船のも、古代ローマさながら神官会議をはじめた。といっても、ここでつかうのは生けにえのはらわたではなく、水とクジラだ。クジラが水にもぐる直前の尾ひれの動きを読みとろうとしているのだ。

トロール船のモーターがふたたびうごきだすのを感じて、僕ははっとした。彼らは手旗信号のごとく腕をふってのやりとりのはてに、マッコウクジラ氏との会見にさらなる可能性をさぐる方向で、双方合意に達したようだった。

*

嵐は、ふいにおさまった。さかまく水は落ち着きをとりもどし、まっくらだった空はやわらいで、僕ら、ニコル号に怒りをぶつけるのをやめた。ふりかえれば、背後には依然として暴風域が広がり、オルタは見えなかったが、すぐとなりのピコ島は見えた。それでわかったが、暴風の集中域はバミューダ三角地帯のようなものなのだ。そのなかで各要素が独自のルールにしたがっている、閉じた水槽なのだ。すべて四本ラインのなかで行われる、サッカーゲームのように。と言ったって、べつに「オカルト」や「超自然」だって言うんじゃない。じきにトムが説明してくれたが、こういうのは比較的ふつうにみられる気象現象だそうだ。こっちの空は曇っていて、あっちの空は雲ひとつないのと同様、海のまんなかでも小気象が発生するのだ。

「だが、ある意味じゃ、おまえの言うとおりかもしれん」トムは言った。「港から出てすぐにあんなにひどい嵐にあったのは、おれもはじめてだ。言おうと思えば言えることはいろいろあるが」

「というと?」

「べつに。天気は海よりずっとむずかしい本だ。おれもまだ読み方を勉強中さ」

まったくだった。あの嵐は、まるで悪意のかたまりだった。見逃してくれるかと思ってこっちが油断すると、いきなりざぶり。あげくに、ふう、やれやれ助かった、と思ったときには、もう勝負をなげてゲームオーバー。

「こんなことは最初で最後にしてもらいたいものね!」シャロンは、怒りをこめた目でトムをきつくにらんでそう言った。

それから、その表情がゆれうごき、そこに悲しみがいりまじった。

「まったくあんたって人は！　いったいどうしたっていうのよ？　おかげでみんな死ぬところだったじゃない！　船だって転覆よ。それでいいの？」

「船」。そのときはじめて気づいたが、シャロンは決して「ニコル号」とは言わなかった。いつも「船」か、「ヨット」か、「帆船」だった。かたやトムは、決して「ニコル号」とは呼ばず、かならず「ニコル」だった――まるで、ひとりの女であるかのように。話の一部始終を知った今だからこそ、トムが、もと妻に対していだいていたこもごもの感情に思いをはせてみることができる。たしかに別れた、人生をともに歩んだとも言いがたい、しかしその死をみとった、その相手。「死がふたりをわかつまで」という言葉には、ある種の真実がある。おそらくより正確には、「死がふたりを結ぶまで」だろうが。

ニコルの写真を見たことはない。彼女については、その名前と、彼女にちなんで名づけられた船を知っているだけだ。彼女だって、アメリカの町のかたすみで、自分なりに生きようとしたんじゃないか。あらたな任務で出かけたトムの帰りを待ちながら、ひとりでいる気はなかったんじゃないか。なかなかたいへんなことだ。船乗りや軍人と結婚したというならまだしも、その両方と一度に結婚したのだから。待ち暮らしの無聊のあまりに、ゆきずりの恋にはしったか？　なんであれ、灰色の日々にくすぶり、孤独から酒におぼれ、すこしずつやつれていくよりはましか。ユリシーズとして生きる男を待つさだめを負った、あまたの女たちのように。

こうしたもろもろの疑問は、そのうらにかくれた疑問にくらべれば、比較的簡単だ——トムがニコル号をニコルと名づけたのは、妻への愛情からか、それとも、それほど詩的ではない感情、たとえば、罪の意識とか、自戒の念からか？

シャロンはどこでどんなふうにトムに出会ったとアナに話したんだっけ？　アジアのどこか、フィリピンとか、そのへんの港じゃなかったか？　となると、トムはそこまで「ひとりで」行ったのか？　ひとりニコルで、というか、夫婦ともども、というか、決まり文句で言うならば、体は死しても心はひとつ、海から海へはるばると、風のふくままとつくにぐにをへめぐった、と？

だとすれば、シャロンと出会った瞬間、トムはすっかりうちのめされて、やっぱり妻を裏切ってしまう、もうこれ以上、ニコル相手のひとり旅をつづけられない、とさとったのだ。人のぬくもり、シャロンの存在がほしかった。このタスマニアの怪物は、やってくるなりあっさり彼を誘惑し、勝ちとってしまった。彼の妻にしてみれば、これは二度目の敗北だった。

じゃあ、シャロンは？

まあ、実際は全然ちがうかも。どうも僕は口がすべっていけない。

僕らはアナの様子を見に行った。アナは床のうえにもどしていて、キャビンにはすえたにおいがこもっていた。シャロンは、気にしなくていいのよ、と言って、アナが汚したものをさっさとかたづけた。

「でも当直はするのよ、アナ」シャロンは念をおした。「ここじゃ『もしも』はなし」

このあいだのような一日の旅なら問題はないだろうが、もっとながい旅程となると、全員が当直をつとめざるをえない。「各自当直をつとめること」というのが、船に乗るときシャロンが課した、第二のルールだ。第一はもうわかっている。「命令には絶対服従、海に民主主義はなし」だ。第三はなんだっけ？「船長の女と寝るな。ことに彼がそばにいるときは」、とか？

あおざめて血の気のうせたアナを、毛布でくるんでシャロンとトムのベッドに残し、僕らはデッキに出た。

「トムはアナと残って。なんなら今休みをとってもいいわよ。あとで起こすから」

トムはほんの一瞬、びっくりしてシャロンを見つめた。それから、ぼんやりと僕に視線をうつし、うなずいた。

そして、そのままなにも言わずにキャビンにおりてゆき、ニコルが僕らの手に残された。

「じゃあ、トム」僕はもごもごと言った。

シャロンは僕に仕事を指示した。

「ここで、船をこの方向に保ってちょうだい」彼女は言った。「さあ、舵をとるのはあなたよ」

＊

マッコウクジラは、みんなで予測し、採決し、決定した結果とは正反対の方向に、ふたたび姿をあらわした。おやおや、こいつは民主主義などはなからばかにした生き物だ。これはわれながらうまい冗談だと思ったが、それを胸にしまっておくだけの分別ぐらい僕にもあった。ほとんど不可能ではあったが、それでもボートは、そこにたどりつこうと奮闘していた。

たとえ失望があろうとも――事実あったと思うが――それは男たちののどの奥処にとどめおかれた。約束どおりにしなかったからといってクジラにはなんの非もないし、運にも、天にも、宿命にもなんの非もないし、はずれた予想の非を、男たちが負うこともない。待つとはそういうことだ。報われるとはかぎらない。めいめい自分の役目をはたせば、それ以上の義務はない。クジラの役目は、神の子がみなそうであるように、とにかく生きること。捕鯨手の役目は、狩人がみなそうであるように、とにかく獲物を追うこと。それが胃袋をみたすためかどうかは、また別問題だ。目的が胃袋かレジャーかのちがいは、エコロジストたちにはひどく重要らしいが。人間は、ほかの生き物とちがって、飢えをいやすために狩をするわけではないじゃないか、だと。よく言うよ。あいつらに、飢えのなにがわかる？　この男たちのなにがわかる？

いいクジラだったのに――結局、逃げられてしまった。が、おそらくクジラのほうでは、なにから逃げたのか、そもそも、自分が逃げたということ自体、わかっちゃいないだろう。その点、エコロジストの連中も正しいわけだ。これは、相手の同意があっての戦いではないのだから。双方了承ずみの決闘とはわけがちがう。だが、なにもかもいたれりつくせりというわけにはいかない。つかまえたクジラはいいクジラ、だ（そんなものがあったとしてだが）。捕鯨手だって、クジラの一生がよきものであったことを、そして、なるべくなら、よき死をむかえられるように、と願っている。でも痛いじゃないか、って？　たしかにそうだが、海のなかを前進してまるのみにされるイカや魚とくらべたら、それほどでもないだろう。

＊

数時間がすぎた。それからまた数時間がすぎた。この長い長い一日がすぎゆくにつれ、さらに何頭ものマッコウクジラが、遠く視界をかすめていった。そうだな、ざっと数十頭ぐらいか。ときには、つがいもいた。やがて日はかたむき、今日もまた、あまたの日々とおなじ一日となる気配があたりにたちこめてきた――つまり、何時間にもわたる努力もむなしく収穫はゼロ、猟師が手ぶらで家に帰る日。あたり年でさえ、アソーレス諸島では、百五十頭以上のクジラが捕獲されたことはなかった。まわりに何千頭とクジラは泳ぎまわっていたのに、だ。

いや、ここじゃ、この生き物は危機に瀕しちゃいない。

それがおまえの意見なのかと言われるとな。捕鯨手の意見だっていうのはたしかだが。ただ、彼らの頭にあった図式は、もっと意地が悪くて単純だ。小役人やらエコ役人やらEC役人やら金ぴかフォークで肉をつっつき、肉なんてプラスチックパックの中でできるもんだと思ってる都会のやつらがよってたかって、こんなはるかかなたの他人のやることなすことに口をはさんでけちつける。大海原のまんなかで生きるというのがどういうことか、これっぽっちも考えてもみずに。

今だって、クジラがうかんできたら襲いかかってやるぞ、とこっちが待ちかまえているこの瞬間だって、実は、それができるのは、クジラのほうなのに。無数の海の生物すべて、やろうと思えばいつでもこっちに襲いかかってこれるのだ。まるで映画の『ジョーズ』のように。マッコウクジラもモービーディックも、自分のことを水にいながら水からあがった魚とは思うまい。なんたってマッコウクジラは、海の主なのだ。

となると、こりゃやっかいな問題だ。「島の人間は、どうして自分を海の主だと考えたのか?」

答え「おそらく、海の主を追いかけることで」

＊

「カリブ海はドレイクを手荒く迎えた。黄熱病である。一行の者数百人が命を落とした。（……）しかしながら、第一の目的は上首尾に達成された。すなわち、コロンブスの記憶を宿す、カリブで最も古い町を汚すことである」

＊

アナは、半死にの体たらくだったにもかかわらず、自分の番がくると当直を果たし、おかげでトムばかりか、シャロンからも一目おかれるようになった。それに僕からも、としておくか。結局、あいつもただの頭の軽い甘ったれじゃなかったんだ。その他もろもろと同様、実に簡単で効果的な、責任感・協調性・性格テストだ。

ふたたび僕らの当直がめぐってきたときには、すっかり日は暮れていた。シャロンは毛布を一枚もってきて、僕といっしょにくるまった。ふたりで話をした。もうひとつの航海のおきてをやぶらないためだ。つまり、「見張りのあいだは眠るな」だ。シャロンは、以前、ほんとうにあった話をしてくれた。ほかの船、ニコルよりずっとおおきい船でのことだ。ひとりの生意気な見習い水夫が、おれは全然疲れていないから、一日じゅう起きている、と言いはった。ほかの者は、夜になればどうせばてるから今のうち休んでおけ、としつこく言ったが、そいつは耳をかさなかった。案の定、午前二時にはふらふらで、二つの足で立っているのもおぼつかなかった。背中が痛くてたまらん、すまんがとても立っちゃいられない、お願いだからほんのすこしだけ眠らせてくれ。

「で、どうしたの?」僕はたずねた。

シャロンは肩をすくめた。

「みんな、そいつを板にのっけて、サメめがけてなげちゃったのよ」

僕はびっくりしてシャロンを見つめ、彼女が、そんなの冗談よ、とうけあうのを、しばし待った。が、彼女はほほえんで、話はそれでおしまいだった。

「さて、こっちはどうする？　あいつには一番近い港につくまでのがまんだし、船長と寝るっていうみんないやがる仕事も、やってもらってるし」

僕は、彼女がしぐさで、これも冗談よ、というのをしばし待った。が、彼女はなにもせず、こう言っただけだった。

「なにか体の温まるものをもってくるけど、どう？」

僕をからかおうとしただけだと思う。シャロンは、キャビンに行こうとこちらに背をむけていたけれど、なんとなくわらっているような気がしたからだ。

＊

「娘たちは、はじめて海賊が来たときのことを思い出し、町の高みから声をあげた。『来たわ、来たわ！』そして好奇心と、恐怖と、興味をつのらせ、待ちかまえた。いかにも女だ」

*

ときには、待つことも報われないといけない。波のまにまにただよう、二隻のトロール船とボート。僕と、これを読んでるそこのきみだって、言葉のまにまにただよっている。あふれる水のなかを、言葉のなかを、時間のなかを、水平線のなかを。それなら、待つことだって、たまには報われないとね。トロール二隻にボートがひとつ、捕鯨手七人。船乗り七人にやじうまひとり。これがこぞってマフィアさながら、あわれになにも知らない大女——クジラ——を待ちかまえている。

クジラ奥さんとマッコウだんな、ある日森へお散歩に（タンタララ♬）、おおきなイカをつかまえに（タンタララ♬）、そのとき（タララ♬）銛をかまえてわるいオオカミやってきた（タンタララ♬）。おきまりだ。

僕はいつしか寝入ってしまったらしい。これは、僕に対する周囲の怒りをいっそうかきたてただけだった。ものを食べて不敬罪、すっかりだらけて大逆罪。僕は眠りこけてしまった。それで結局、劇的瞬間をのがしてしまった。にわかにあたりがさわがしくなって、目がさめた。

「クジラだ！　クジラだ！」

まるでサッカーの「ゴール！」のおたけびだ。ついにクジラを発見。半日さんざんふりまわされたが、今やっと、クジラは目前だ。おきぬけの目に、その光景がとびこんできた。男たちはルールにのっとり、ひそやかにマッコウクジラに近づいてゆく。オベリスクは銛を両の手でもち、まるで銃のように腰にそえている。やがてそれをゆっくりと、まるでスローモーションのように頭の高さまでかかげたかと思うと……。

瞬間、ズズズズズ、とロープが全速力でくりだされていった。痛みに仰天して海にもぐるあわれな生き物に、力いっぱいひっぱられている。だが、銛はびくともしない。やがてロープはぴんとはりつめ、この瞬間、クジラはいきなり抵抗を感じる。ボートはぐらぐらゆれる。しばらくは、男たちも必死でゆれにたえるしかない。このばけものは、みなオールもろとも海底深くひきずりこんでしまうのか？　今、あいつはどこだ？　ボートの真下か？

男たちが銛を投げたら、今度は獲物の番だ。基本的に、クジラにはふたつの選択肢がある。ひとつには、大きさでは相手に負けないとわかれば、尾のひとふりでクルミの板きれなどまっぷたつにして、がぶりとやって正当防衛とする。もうひとつには、垂直方向はもはや無理だとなったので、今度は水平方向に逃げる。捕鯨手側の考えでは、唯一妥当なのは第二の選択だ。マッコウクジラになにか考えがあるとすれば、こんなやつらなどまとめてかたづけちまえ、というのが、いかにもまともな選択ではあるが。「ちょっと、おまえら、そこで待ってろよ。どうしてこのおれが、あんなありんこどもから逃げなくちゃならないんだ？　いいか、今お見舞いしてやるからな……」

ボートは、痛手をおったクジラに約三十ノットでひっぱられ、まるで水上スキーをしているようだ。数分間はそのままひきずられるにまかせていたが、やがて男たちは、じりじりとロープを巻きもどし、クジラとの距離を縮めはじめた。オベリスクがへさきに立って、作業を指示している。

だれもかれもが大声をあげていた。悪態や命令、予想、怒鳴り声があたりをとびかっている。モーターはうなりをあげ（もはや静かにする理由もない）、僕の乗ったトロール船は、必死でこのレースを追いかけていた。しばらくはやっとだったそれも、やがて流れにおいついた。マッコウクジラはまだ元気いっぱいに、長い背で水をかきわけ前進していたが、速度はやや落ちていた。それが、いやそれだけが、疲れのきざしといえるものだった。数分がすぎた。するとこのとき、奇妙なことが行われた。こんなことは本にも書いてなかったと思う。まず、トロール船はスピードをあげると、獲物がいきなり進路を変えて僕らをまっぷたつにしないよう、慎重にボートに近づいた。そして、ふたりの男が船どうしをぶつからないようにしているあいだ、オベリスクがトロール船にとびうつったのである。

本能的に僕は、じたばたしないようマストによじのぼり、両手両足でしがみついた。たまたまそこにあった出っぱりで足をささえ、実に安全、かつ不安定な状態で、そのままじっとしていた。あのゆれでは、なにかにしっかりつかまっていなければ、たちまち船から投げだされてしまっただろう——数日後、アナがあぶなくなりかけたように。単に気のせいかもしれない、だが、今思い出しても、マストはほとんどま横に九十度かたむいた。左舷にたおれ右舷にかたむき、そのたびに海面とまったく平行になった。

恐怖は感じなかった。ちっとも。あばれまわるマッコウクジラの体が、ちょうど今、このタイプライターほどのところにあったときですら。どきどきして、こわいと思うひまなどなかった。

恐怖を感じたのは、シャロンにキスをしたときだ。トムがすぐそこ、二メートルたらずのところにいたのに。

*

男の人生には、年下の女に惹かれる時期があるように、年上の女を好きになる時期がある。これってそうか?

さあね。アナが吐いた。トムはくたばっていた。僕も調子はあまりよくなかった。でも夜だったし、当直は僕の番だった、そこでシャロンがブランデーの瓶をデッキにもちだし(規則違反だ!)、ふたりで話をして、ふたりして一枚の毛布にくるまって、たがいに胸や脚をつきあわせて、シャロンの体がすぐそこにあって――さあね。

ふたりが夜番で、あとは当然のなりゆきだった、っていうのか? まじめな話、警告を発する以外、僕になにができるっていうんだよ? 「五分以上僕と女性をふたりきりにするなよ、すぐカモにされるから」って?

さあね。

そういうことなら、話はもっと単純なのかも。男と女をふたりきりにしたら、どうなるか。男と女を、ニコルという船にのっけて四時間の当直をやらせ、関係者は高いびき、かつ（あるいは）船酔い、ということにしたら、どうなるか。

＊

「ローリーは、ここの女たちは、美しさという点ではヨーロッパの女にすこしも劣らない、ちがいはあの肉桂色した肌だけだと考えている。ある娘について、彼はこう語っている。『生まれてこのかた、これほど見事な容姿の女にお目にかかったことは、まずない。背は中背、瞳は黒く、肉付きよく、すばらしい背格好だ。おまけに髪はゆたかで、その身丈ほどもある。以前、非常によく似たイギリスの貴婦人《レディ》を見たことがあるが、肌の色のちがいさえなければ、おなじ人物と思ってしまったことだろう』」

＊

あれからどうなったか言おうか。なにも、だ。

そうなんだ、なんにもなかったんだ。キスを、長いキスをひとつ、ちょっとした愛情表現みたいなもの、それだけだ。まあもちろん、僕の定番をこなした以外に、だけど。というより、それだって僕のかわりにブランデーがやったようなものか。それから彼女の乳首をなでまわして、それからしめったシャツの上から胸をふくんだ、でもそれだけだ。うそつけ、それから手で彼女のあそこをもてあそんだんだっけ。何度か達した。でも、彼女だってこばまなかったし、されるがままだったし、なやましげに口をかすかにあけて、僕が舌を入れるとうけいれた。彼女の口は、いい味がした。彼女はなにもせず、ただ身をまかせていた。それで僕はうろたえて、確かな返事をもとめて彼女を見つめた。もっと先にすむ？　それともやめる？　最後までいっちゃっていいのかな？――すると、彼女はほほえんだ。そのほほえみは、すごくやさしくて、とにかくすごくて、僕にこう言っていた。

「むだよ、パウロ。そうでしょ？　高くつくわよ」

べつに僕を傷つけようとしたんじゃない、ただ、いろいろ事情があったんだ。いや、もちろん彼女だって、僕がのぞめば応じただろう。あのほほえみがそう言っていた。それも、十分たっぷりと。でもそれは、僕が両方ともものぞむなら、というのが条件だった。それなら、彼女も納得。それなら、彼女も応じる――それもいやというくらい。だって、あのほほえみは、そういう意味だったんだから。「ほしいというなら、ぼうや、まるごと全部よ。ねえ、全部、ってどういうことかわかる？　たぶん、あんたのおもちゃのトラックには、荷が重すぎる。海はきついわよ」

*

どうして「彼女」と？　どうして名前を言わない？　さあ、勇気をだせよ。ほんの三日前には、大海原のどまんなかに飛びこんで、半死にとはいえ、まだ息のあったクジラから流れでる血にどっぷりつかろうとしたやつが。もっともこれは、まわりがやめろというのでやめたけど。船乗りたちは、おもしろ半分あきれ半分、僕もとうとう頭にきたかと思ったようだ。無理もない。血のにおいにひきよせられる海の狩人は、人間だけじゃないと注意してあったんだから。その僕が、ほんの三日前、捕鯨団の特別メンバーとなったこの僕が、こわくてただの名前も口に出せないだと？

じゃあ、いくぞ。シャ・ロン。シャロン。シャロン。シャロン。さあ今度はもうひとつ。もうひとりのほうだ。あいつのもうひとりのほうのだ。ニコル。ニコル。ニコル　ニコル　ニコル　ニコル　ニコル　ニコル　ニコル　ニコル　ニコル　ニコル　ニコル　ニコル。

彼女のほほえみは、もちろんあんな言いまわしはつかわなかった。「あんたのおもちゃのトラックには、荷が重すぎる」とも、「海はきついわよ」とも言わなかった。シャロンのほほえみはオーストラリア製、いやタスマニア製だったから、いかにもポルトガル的な、そんな言い方はしなかった。

それでもいいの？　あんたはそれだけの男？

＊

おっと、僕はそれだけの男なのかって？　にっこりわらってきついこと言ってくれるじゃないか、海のまんなかで、あわれな見習い水夫にむかってさ。僕らは最後に抱きあった。とってもとってもやさしく、なんというか、とにかく、とってもとってもで、そのあとのことは、もうおぼえていない。そのまま眠ってしまったんだと思う。アナとのとき同様、興奮もみたされないまま。でも今度は眠ってしまった。たぶん、ふたりとも眠ってしまったんだと思うけど、わからない。話のこの部分ばかりは、悪いけど、白紙なんだ。

*

ふと目ざめると、トムがきびしい目つきでこっちをにらんでいた。僕は思った。おっと畜生、こりゃ相当頭にきているな。今度は僕が放りだされるかも。

「眠ったな」

「あの……」

「当直で眠ったな。それがどういうことか、わかってるのか?」

わからなかった。まだあたりは暗かった。僕は時計を見た。朝の四時をまわったところだった。彼女と僕の当直の最後の七分が過ぎようとしていた。

「あの……すみません。あの……僕がアナの当直をやります。あいつはまだ具合が悪いんでしょう?」

トムは肩をすくめた。

「お前の番じゃない」

「でも、まだ調子が悪いなら……」

トムは首をふった。

「お前の番じゃないだろ、パウロ。あの子の番だ」

*

目の前では、僕が（ひそかに）大柱《オベリスク》とあだなをつけた男が、マッコウクジラの肉にしっかりくいこんだ銛のかわりに、今度は投げ槍を手にしていた。この槍にもロープがついていたが、こちらはもっと短く、目標につきさしてもすぐ引きぬける長さだった。今やマッコウクジラは、トロール船をこえるおおきな黒いかたまりとなって、すぐわきにぐったりと浮かんでいた。そこには、巨大な背と波打つ腹があるばかりだった。

オベリスクは、クジラにむかって槍をうちこんでは引きぬいていた。だが、槍はすぐにまがってしまうので、その場で槌でがんがんたたき、まっすぐにして、またうちこんだ。

そんなことを、ざっと百回ぐらいはくりかえしたんじゃないだろうか。なんだか滑稽でもあった。投げる、ささる、ひっぱる、ぬく、たたく、のばす、投げる。つまりだ、これらの素材——クジラ、大海原、男たち、闘い——をくみあわせたからって、なにもかも超大スケールになるってわけじゃないのだ。

ある意味では、マッコウクジラを殺すのは、投げ槍ではない。槍は、ただくりかえし、がまん強く、クジラを弱らせていくだけだ。たぶんそうするうちに、クジラのほうで、生きるのをあきらめるのだろう。

マストは振り子さながら、こっちへゆらり、あっちへゆらり、とゆれていた。僕はこの振り子にぶらさがったサルだった。クジラのうえに傾くたびに、ほとんど触れるかと思えたが、怖くはなかった。

それどころか、生まれてこのかた記憶のあるかぎり、これほど恐怖を感じなかったことはない。これからこんなふうに感じるときがあるかどうかも、わからない。

いけないか？ そんなことだれに言える？ それを言うなら、じわじわ死んでゆくことこそいけないだろ、このマッコウクジラのように。たしかに、残酷だ。ひと思いに殺してしまったほうが、ずっと「人間的」かも。銃で一発とか、筋弛緩剤とか、モルヒネの過剰投与とか、いっそミサイルとか。こうしてならべてみると、なんだかあまり人間的には見えないが。

ついに、すべてが静止した。気づかぬうちに日はとっぷりと暮れ、ランタンの光につづいてマッコウクジラがうかんでいた。十八メートルのメスだ。それがボートのうしろにつづき、そのボートはもう一隻のトロール船（やはり、結局モーターがだめになった）につづき、そしてそれは、僕らのトロール船につづいていた。

男たちは、顔を見あわせて笑った。僕をいかれたやつだと思ったようだ。水に飛びこんで（飛びこんで、血にどっぷりつかって）クジラにさわってもいいかとたずねたからだ。それから、彼らはようやくワインの大瓶をあけ、妻が用意した弁当の包みを開いた。

突然、だれもかれもが堰を切ったように大声でしゃべりだした。だれひとり相手の言うことには耳をかさず、まるで飛びかう会話に酔っぱらったかのように、小噺を語り、ほかの捕鯨漁を語り、島の人間のかげ口をたたき、悪口をやまほど言い、カードの相棒をさがしまわった。

この奇妙な行列は夜の闇のなかをすすみ、六時間ののち、ひそやかにオルタの港にすべりこんだ。

＊

朝にはこのクジラも、ピコ島の工場のスロープのうえにのっかることだろう。僕らは、海のうえで二十六時間を過ごした。しかしいったいどうして、クジラを陸まで運ぶのだろう？　陸じゃもう、クジラをどうするわけにもいかないのに。

＊

朝。夜。朝。夜。僕らは、まどろむクジラに近づきつつあった。ただしこのクジラには、光が灯っていた。フロレス島だ。

アナとシャロンは眠っていた。三日も海にいるせいで、体はすりきれていた。体を流してさっぱりしたかった。こんなに水平線がひろびろと広がっているというのに、こんなにせまくるしい空間――船のなか――にいなくちゃいけないというのも、なんだかおかしな話だった。

「ここでひと風呂浴びてもいいかな?」

「自分で責任とるならな、パウロ」

「なあ、トム、どうなんだ。いいんだろう?」

トムはためらった。ふいにその目のなかを、悪意の雲がよぎったような気がした。

「いいとしておくか」トムは言った。

いぶかしく思って、僕はトムをじっと見つめた。トムは、その目をそっくりそのまま僕にかえしてきた。だれかに、いや世界そのものにいどみかかるような顔つきの、お人よしの大男。にらめっこの試合なら、優勝は確実。

僕はおおきく息をついた。あたりは暗くなり、もうそれほど水に入りたいとも思わなかったが、ここで面子がつぶれるのもいやだった。僕はシャツを脱ぎ、ズボンを脱ぎ、パンツを脱いだ。そして、すっぱだかで、ざぶんと水に飛びこんだ。

*

本はなんの役にたつのか？　数か月後、ともに夜を明かしたときに、トムが話してくれた。ある日トムは、そこに比類なき有用性を発見した。リマでのことだ。

「相手はふたりだった。ひとりが、ナイフをぬいた」

で、そいつらはなんだって？

「おきまりだ。金だよ」

で、トムは？

「こっちは、手に本が一冊あるだけだった」

だが、本には角がある。ページが束になっている。ばらばらだとひとたまりもないが、束になればかなりのものだ。

「完璧な武器だよ。本をもってるからって逮捕するおまわりはどこにもいないが、これさえあれば、どんな相手がかかってきても、目をつぶすぐらいはできる。じゅうぶんすばやく、落ち着いてやればな」

＊

バシャン、という水音で目ざめて、シャロンがすっとんできたらしい。水面に浮かびあがったとたん、彼女がかかげるランタンの光を顔いっぱいにあびた。

「気でも狂ったの?」シャロンはさけんだ。「はやくあがって」

その顔は半分青ざめ、自分でも気づかぬまま、半分青ざめたほほえみをうかべている。かたや完璧に青ざめていたのは、僕のほほえみと僕だった。

「はやく!!!」

それは嵐のときの、あの口調だった。シャロンは本気だった。ちょうど、うまい言いまわしがあったよな?「その声には急を知らせるひびきがあった」か。

＊

アナがタオルをわたしてくれた。かなり具合はよくなったようだが、顔はまだ青ざめて血の気がなく、冗談ぬきで、半分ゾンビみたいだった。

「トム」シャロンが声をはりあげた。「死んだらどうするの」

トムは僕を見た。にやりとわらって、僕にめくばせしたようにも思った。

「まあな」トムは言った。「せいぜい片足さ。たいしたことにはならんよ」

「トム！　冗談言ってる場合じゃないのよ！」

＊

片足？　いったいなんのことだ？

「トム？」僕はきいた。「どうかした？　どうして海に入っちゃいけなかったんだ？」

トムはなにも言わなかった。白髪まじりのひげの奥に、僕にはさみしげな笑みと見えたものをかくして、こっちを見た。

「トム！」シャロンがしかりとばした。「おしえてあげなさいよ。どうして海に入っちゃいけないのか、おしえてあげなさいよ」

トムは頭をかいた。わかったよ、とその目が言っていた。

「夜はな」彼は口をひらいた。「夜はな、サメがえさを探して、岸近くまでやってくるんだ」

あいつは僕を殺そうとしたんだ、と思った。

そして、愕然とした。あいつは僕を殺そうとしたのか！

＊　　　＊　　　＊

本はなんの役にたつのか？

「そこのヤンキー、金を出せ！」

骨《オッソ》ひとつにサメ二匹。スペイン語だとオッソは「クマ」だ。*Oso*（クマ）。クマ一頭にサメ二匹。ひびきもわるくない。あとはほとんどスイッチひとつ、トム自身びっくりするほどあっという間のできごとだった。

たちまち相手ののどから血がふきだし、もうひとりは顔をおさえてばったり倒れた。トムは、もっとも非情、かつ、つつましい武器で反撃したのだ——数百枚の紙の束と角、それが背と表紙のあいだでなす鋭い刃。

トムの動きは内から外へ、まるでトランプのカードをくばるか、浜辺でフリスビーを投げるかのようだった。本をしっかりもった手を、反対側の腰からさっと円を描いてひきぬけば、それがひとりの首を直撃し、たてつづけにもうひとりの左目に命中した。

一冊の本。この話を聞いてから、僕は二度と、本はなんの役にたつのかと考えなくなった。

＊

あいつは僕を殺そうとしたのか？

＊

それから何時間もしてから、もっと心を落ち着かせ、妥当な量と思われる以上の酒をあおり、そうしてやっと、僕がトムの立場だったらやっぱり同じことをしただろうと思えるようになった。

それに、たしかなことは、だ。僕は今、生きてるのか、死んでるのか？　生きている。とするなら、それはトムがしくじった、いや、しくじろうとしたからじゃないか？　トムはやむをえず僕を殺そうとしたが、僕のことが好きだったから是が非でも殺そうとはしなかった、と？　そういうことか？

夜が明けるころ、僕はこの結論に達した。トムは僕を殺そうとしたんじゃない。あの話がほんとうだとすれば、あいつは、武装した男をふたりも敵にまわして、本一冊できりぬけられる男だ。そんな男なら、絶対やると決めたら、しくじるような方法はとらないだろう。

それどころか、トムは僕のことを気に入っていたし、僕のともだちだし、たぶん、僕を息子のように思っていたと思う。いや、息子というより、もうちょっとちがうもの。まあ、若いころの自分の鏡像とか。みんなそうじゃないか、若者だって、年寄りだって。たがいがたがいの、さかさの鏡像じゃないか？

問題は、だ。トムがそれを思いとどまることができなかった、ということだ。

「『これまで私は』彼は言った。『兵士、船長、船乗り、宮廷人、退廃と悪から生まれたありとあらゆる地位についてきた。どうか神が私をお許しになるように。そして、神との和解をもとめ、これにて諸君とはお別れとしよう』」

＊

トムは、ローリーのこの言葉に自分をかさねた、とか？

＊

すくなくとも、その生きかたよりは、その言葉に。というのは、この十六世紀の冒険家は、処刑台のうえで死んだのだから。生前同様、大観衆を前に、頭をあさってにすっとばして。しかし、シャロンに捨てられたぐらいのことで、頭がぶっとぶっていうのか？

それにしても、トムは僕に嫉妬を感じなかったんだろうか？　そう思うと、なんだか傷ついた。この僕は、わざわざ嫉妬するほどの相手じゃないっていうのか？　いいや、そうじゃない。僕を——一応であるにせよ——殺そうとすることで、トムは敬意を表したのだ。僕に対してであれ、自分に対してであれ。

＊

あとはたいした話もない。フロレス島から、僕とアナは飛行機でテルセイラ島に飛び、そこの米軍基地をたずねた。アナのともだちのともだちが（もと彼氏だったかもしれないが、よくおぼえていない）、そこで働いていたからだ。それから本土にもどってきたが、結局、ルポは書かずじまいになってしまった。もはや流行のテーマというわけでもなかったし、そもそも、捕鯨に関する僕の意見に興味をもつ人なんて、だれもいなかったからだ。新聞も雑誌も、クジラの意見を擁護する話にしか金を出さない時代だった。

いよいよお別れというとき、トムは『カリブ伝』をくれた。それにひきかえ、僕はなにも用意していなかった。

「よい旅を、パウロ。これをお前にやろう」

彼がさしだしたのは、ぺしゃんこになった一冊の本だった。表紙はすっかり波うち、硝石でやられている。角には、赤茶けたしみ。僕はトムを見た。この本はいったい……？そのときは、古い本が新品の本よりずっと大事なものだということを知らなかった。ここには、ふたりの人間がいる。

*

とはいえ、トムに会ったのは、それが最後ではない。四か月後、電話が鳴った。

「パウロ？ *Is this the house of Paulo?*」

「トム？」

「今、リスボンにいるんだ」

しかし、なんでまた？

どうやら、シャロンとの関係はだめになったようだった。いや、ちがうか。彼女は、いよいよタスマニアにもどるときがきたと決心したのだった——「ちょっと何か月か」だったが。それでトムは、冬をこすために、あちら側の海から逃れてきたのだった。

*

トムは三日間しかリスボンにいなかった。それから、乾ドックをもとめ、ニコルを停泊できるような川をさがして、南へむかった。

その折、何度かトムをたずねた。そのうち一度は、アナといっしょだった。もう僕らはつきあってはいなかったけれど。どちらにとっても、あの経験は素直に楽しいといえるものではなかったので、僕らは暗黙の了解のうちに、なかよく記憶にふたをした。僕も、あんなベッドの話をしなけりゃよかった。たぶん彼女も、これを読んだらまたうるさいにきまっている。消すにはもうおそいけど。

「シャロンがもどってくるとは思えないな」アナは予言した。

「どうして?」

「ふたりの年の差を考えてみなさいよ。そのうち、トムは死んじゃうでしょ、そしたら？ひとりぼっちじゃない。彼といっしょになるってことは、難破する船に乗りこむようなもんよ」

僕は慎重に、アナが、数か月前にこれとまったく反対の論理をつかったことを思い出さないよう気をつけた。僕はただうなずいた。

「うまいことを言うな。船に乗りこむ、なんて」

＊

トムは僕らの訪問を、僕ひとりのときはことに、大喜びで——みせかけのなつかしさなどではなく——迎えてくれた。

「シャロンからたよりはあったか？」僕がトムなら、まっさきにそうたずねただろう。彼女が手紙を出したいときは、僕の住所あてに「気付」で出す、ということにしてあったからだ。だがトムは、なにもきかなかった。手紙はないとわかっていたんだろう。よっぽどのことがないかぎり、彼女が手紙を書くなんてことはないだろうから。それに、もし手紙があれば、まっさきに僕が知らせるとわかっていたんだろう。

たよりがないのは、ある意味では、いいことかもしれなかった。「トム、ごめんなさい。好きな人ができました。彼もおなじくタスマニアの出身で、ハンサムで、力もちです。年は私とおなじくらいで、二万頭の羊を飼っています……」。な、やっぱりたよりのないのはいいことだよ。

*

一度、僕らはニコル号をかたわらに、オデセイシュの岸辺で焚き火をかこんだことがある。少々飲みすぎたせいで、会話もとぎれがちだった。するとふいに、なんの脈絡もなく、トムが自分のことを語りはじめた。海軍で過ごした年月を語り、笑い話を、喧嘩話を、出会うのも、愛するのも遅きに失した本のことを語った。例の、戦士の剣となった本の話を聞いたのも、このときだ。

それから、ニコルのことを語った。彼女がどんなに彼を待ちわびて日々を送ったか、その彼女にどんなに不当なしうちをしたか。それでも彼女がずっと待ちつづけたこと。もうこれ以上待てなくなった、その日まで。彼女のかわいた人生の最大の報いが、じりじりと苦しむ死となったこと。だからというわけではないだろうが、ある意味ではそれゆえに、トムもまた、当然の報いとして、今、待つというこの煉獄にわが身をおいているのだった。

ただ、彼が待っているのは、シャロンだったが。

「あの、オーストラリアの、あれはなんというんだったかな。投げるともどってくる、アボリジニが使ってるやつは」

「ブーメラン」

「それだ」

ああ、シャロンのことか。トムは少々酔っていた。それで、こんな多少の悪口もでたんだろう。

「はじめて会ったとき、あんなコンヤンなんかのさいはての地で、あいつがなにをしていたか、知ってるか?」

僕は頭をふった。だが、はやくも最悪の事態にみがまえた。

「そこから出ていくための金を工面しようとしてたのさ。わかるだろ?」

そして、苦々しげに笑った。やがて、そこから苦みは消え、笑いはもっとさみしげな、だが、それほど痛々しくはないものにかわった。トムは言った。

「おまえはいいやつだ、パウロ。おかげで、おれも、ニコルも、ずいぶん助かった」

僕はなんとか話題を変えようと思った。

「シャロンがもどってきたら、今度はどこへ行くつもり?」

これは、シャロンがもどってこないかもしれないという仮定をのぞく、ちょっとしたゲームだった。

トムがそんな手にのらないことは、双方わかってはいたんだが。

「おまえはいいやつだ」トムはくりかえした。「だが、船乗りにしちゃ重すぎるな。やっぱりあの晩、サメに片足ぐらい、食ってもらったほうがよかったんじゃないか!」

そう言って、トムは笑った。「あいつが笑うのを見るのは、いいものだ」なんて言葉を、こういうときに言うべきなんだろうな。あいつが笑うのを見るのは、いいものだ、だと? 知るか。

「すくなくとも、それで体重の問題は解決されるけど」僕は答えた。

僕らの予想ははずれた。

*

冬のピークが過ぎると、トムは、ニコル号に乗って、ひとりで海に出た。発つ直前になって、いきなりトムはそう告げた。たぶん、僕がお別れを言いにきたりしないように、わざとそうしたんだろう。

六か月後、イタブナからはがきがとどいた。彼らからだった。僕とアナに、抱擁をおくるとあった。

シャロンは、もどっていた。

*

今、目の前に、僕の『カリブ伝』がある。その奥付ぐらい記しておくのが、最低限の誠意というものだろう。このとおりだ。「ヘルマン・アルシニェガス著、『カリブ伝』、ブエノスアイレス、スダメリカーナ社、一九七三年、《ピラグア叢書第三巻》、四六七ページ」

本はなんの役にたつのか? それにはもうトムが答えてくれた。本は、僕らが世界から身を守るためのものなんだ。

＊

「帆船は、嵐のさなか、南アフリカ沿岸沖で難破した。捜索はついに、実を結ばずにおわった」

＊

ちょっと待てよ。「南アフリカ沿岸」……これは、かの嵐が岬のことか? 嵐が岬、いや、喜望峰か。まあ、ガイドによればこうだ。はじめ嵐が岬と呼ばれていたが、その通過に成功したのちは、喜望峰と称されるようになった。

それなら、喜望峰か。君に、トム。君に、シャロン。よき難破を。

訳者あとがき

世界地図をひろげて、ヨーロッパ大陸とアメリカ大陸をむすんだ、その三分の一くらいのところ。大西洋のいちめんの青地にうんと目をこらせば、九つの点々が見える（はずだ）。それが、アソーレス諸島である。アソーレス、よりは、英語読みの「アゾレス」のほうが、日本では耳になじみがあるかもしれない。順に名をあげれば、サンタ・マリア島、サン・ミゲル島、テルセイラ島、グラシオーザ島、サン・ジョルジェ島、ピコ島、ファイアル島、フロレス島、コルヴォ島。ヨーロッパ大陸の西端にあるポルトガル本土からは約一五〇〇キロ、飛行機で二時間ほどの距離である。

＊

このちいさな旅の話をより楽しめるよう、もうすこし島々についてふれておこうと思う。

島々がポルトガル人航海者によって発見されたのは十五世紀。つづく十六、十七世紀には、その絶好の立地条件から、ヨーロッパ・アメリカ・インド間貿易の一大要所に変貌をとげた。それと表裏一体をなして、富を目当てにした海賊との攻防がくりひろげられる。さらに時代がくだり十八世紀、アメリカの捕鯨船が獲物を追って付近の海に出没するようになると、屈強な島民は捕鯨船員として、つぎつぎに旅立っていった。島民は、どういうわけかみな、腕

ポンタ・デルガーダ，サン・ミゲル島

のよい捕鯨手になった（と、かの『白鯨』にもある）。それがそのまま海の反対側、つまり、アメリカ東海岸に定住してしまったのが、アソーレス移民の一大コロニーの礎である。

　しかし反捕鯨という時代の趨勢にはさからえず、現在のアソーレスはもっぱら、温暖な気候と火山性のダイナミックな景観、そして絶好のホエール・ウォッチングのポイントをほこる観光地である。かのアトランティスのなごりだとか、カルデラ湖のひとつにネッシーもどきの海獣がいる、とかいううわさが、訪れた者の探検気分をさそう（が、おもな観光スポットは、この本のページをめくるうちにほぼ網羅できるので、詳細ははぶこう）。先年、テルセイラ島のアングラ・ド・エロイズモの町なみにくわえ、ピコ島のブドウ畑の景観が世界遺産に登録された。潮風がふきわたるたび、溶岩をつみあげた黒い石垣のなかで、ブドウの白い葉裏が波がしらさながら、いっせいにひるがえっている。

＊

　本書『待ちながら』（原題 *A Espera*「待つこと」一九九八年）は、この九つの島とクジラと一冊の本をめぐる、ひと夏のお話だ。

　現代ポルトガルの文学、ことに小説にかぎっていえば、ノーベル文学賞を受賞したジョゼ・サラマーゴ氏の名前がまっさきにあがるだろう。でもそればかりではない、こんな、ふわりとかろやかな作品もあるのだ、ということを知ってもらいたくて、この一冊の本を紹介することにした。

アングラ・ド・エロイズモ，テルセイラ島

＊

著者のルイ・ズィンク氏は、一九六一年ポルトガルのリスボン生まれ、母校のリスボン新大学で教壇にもたつ小説家である。文壇においては、主流とはいえないものの（つまり、伝統的な正統派文学の枠からはずれるものの）、かといってさけて語ることもできない、新しい世代の作家とされている。すでに十作をこえる著作があり、いくつかはすでにフランス語やドイツ語に翻訳されるなど、アンダーグラウンド系作家の代表的存在である。

＊

おもな作品には、*Hotel Lusitano*（「ルジターノ・ホテル」一九八七年）、*Homens-Aranhas*（短編集「蜘蛛男」一九九四年）、そして好評を博した *Apocalipse Nau*（「船の黙示録」一九九六年）などがある。また banda desenhada いわゆる「マンガ」文化とのかかわりも無視できない。*A Arte Suprema*（「最高芸術」一九九七年）のような、そのジャンルの作家との共著もある。そのほか、インターネット上で読者とコラボレーション作品をつくったりもしている（*Os Surfistas*「サーファー」二〇〇一年）。

二〇〇四年には、四月二十三日の「本の日」を記念して図書協会が配布するリーフレット用に、*O Bicho da Escrita*（「活字中毒」）というちいさな作品を書いている。あざやかな黄色い表紙のなかでは、だれもかれもが書くことに熱をあげ、「読者」がいなくなった世界の

テルセイラ島

悲喜劇が、これでもか、これでもか、とくりひろげられる。やはり同年、新作*Dadiva divina*（「神の賜物」）が刊行されたと聞いている。

＊

彼の作品には、かならずといっていいほど、「挑発的」という形容がついてまわる。ちらり、ちらり、とはさみこまれるブラックなユーモア。きまじめを装ったアイロニー。そして、一種アメリカ文学にも通ずるような、さらりとかわいた感覚。これらが、テレビをはじめとするメディアへの登場とあいまって、ことに若い世代の人気を集めている。

そのズィンク氏、学生時代にはPORNEX（「ポルノ博」）なるものを主催して物議をかもし、当時としては異端視された漫画家やアニメを修士、博士論文のテーマにするなど、早くから異端児としてならした（？）人物らしい。

こうしてみると、ただの人さわがせな挑発屋、とうけとられかねないが、作品には（そのドライな調子にもかかわらず）、なぜか話のおわりに、あたたかな気持ちをよびおこすものがすくなくない。しばしば本が物語をひきよせるモチーフとなっているところなど、本に対する無邪気なまでの愛着がのぞいて、ほほえましくすらある。もしかしたら、実はそんなところに、本当の人気の秘密があるのかもしれない。

＊

オルタ，ファイアル島

もう数年前のことになってしまうが、恒例の東京国際ブックフェアの折、ズィンク氏は招待作家として来日した。そのときおこなったみじかい講演で、個人的に愛着のある作品として紹介したのが、本書だった。私は、舞台のアソーレス諸島を実際に訪れていたことも手伝ってか、そのちいさな本に、どういうわけか、ひかれた。講演のおわるころには、読みたくてたまらなくなっていた（よほど気もそぞろだったのか、ズィンク氏には申しわけないが、話の内容はまったくおぼえていない）。そこでフェア会場の出口で氏をつかまえてお願いし、いただいてきた一冊の本が、今回の翻訳の原本となった。

＊

Espera その動詞形 esperar には、「待つ」という意味と、「希望する」という意味がある。この翻訳が一冊の形となるのを esperar してくださったすべての方に、ここでお礼申しあげたい。

一冊の本。本はなんの役にたつのか。この本が、だれかの一冊となる日を、待ちながら。

二〇〇六年三月

近藤紀子

Cooperativa Vitivinícola da
Ilha do Pico, C.R.L.
VINHOS DE MESA
Madalena - Pico

ワイン工場，ピコ島

著者略歴

Rui Zink（ルイ・ズィンク）

1961年、ポルトガルのリスボンに生まれる。リスボン新大学教授。現代ポルトガル文学におけるアンダーグラウンド系の代表作家とされる。学生時代にPORNEX（「ポルノ博」）を主催して学識層に論議をまきおこして以来、挑発的な姿勢で創作活動をつづけ、その作品は若い世代を中心に高い人気を博している。代表作は *Apocalipse Nau*（「船の黙示録」1996年）、*Hotel Lusitano*（「ルジターノ・ホテル」1987年）、*Homens-Aranhas*（短編集「蜘蛛男」1994年）など。いくつかはすでにフランス語、ドイツ語に翻訳されている。

訳者略歴

近藤　紀子（こんどう　ゆきこ）

1969年生まれ。早稲田大学文学部文学科日本文学専修卒業。出版社勤務のかたわらポルトガル文化センターにてポルトガル語を学び、その後翻訳業に携わる。訳書にフェルナンド・ペソア『ペソアと歩くリスボン』（1999年、彩流社）、V・P・ドス・サントス『アマリア・ロドリゲス――語る「このおかしな人生」』（2003年、彩流社）がある。

待ちながら

2006年7月25日　第1刷発行

定　価　本体1500円+税
著　者　ルイ・ズィンク
訳　者　近藤　紀子
発行者　宮永捷
発行所　有限会社而立書房
東京都千代田区猿楽町2丁目4番2号
電話 03(3291)5589／FAX03(3292)8782
振替 00190-7-174567
印　刷　株式会社スキルプリネット
製　本　有限会社岩佐製本

落丁・乱丁本はおとりかえいたします。
ISBN4-88059-328-1　C0097